Edith Salburg

Der Hochmeister von Marienburg

Ein historisches Trauerspiel in fünf Akten

Edith Salburg
Der Hochmeister von Marienburg
Ein historisches Trauerspiel in fünf Akten

ISBN/EAN: 9783743354845

Hergestellt in Europa, USA, Kanada, Australien, Japan

Cover: Foto ©Andreas Hilbeck / pixelio.de

Manufactured and distributed by brebook publishing software (www.brebook.com)

Edith Salburg

Der Hochmeister von Marienburg

Der

Hochmeister von Marienburg.

Ein historisches Trauerspiel in fünf Acten

von

E. Salburg.

———

Aufgeführt zum erstenmale am 3. Februar 1888 auf der Bühne des Theaters in Graz.

Den Bühnen gegenüber Manuscript. Übersetzungsrecht vorbehalten.

Zweite neu durchgesehene Auflage.

Graz.
Verlags-Buchhandlung Styria.
1888.

Personen:

Werner von Orselen, Hochmeister des deutschen Ritterordens auf der Marienburg.
Ludger von Braunschweig, Großcomthur und Comthur von Elbing.
Der Ordenstreßler.
Dietrich von Oldenburg,
Winrich von Knipprode,
Ludolph von Weizau,
Walpot von Kremberg,
Heinrich von Meißen,
Karl von Oppen, } Ordensritter.

Jadwiga von Endorf, unter dem Namen von Bredow.
Johann, ihr Sohn.
Affo, ihr alter Diener.
Margareta, Gemahlin Johanns von Lützelburg, Königs von Böhmen.
Gräfin Wanda von Haronska, eine junge Witwe, ihre erste Hofdame.
Ein Zigeuner.
Die Zigeunermutter.
Ein Gaukler.

Die Comthure und Gebietiger des Ordens, Ritter, Kriegsvolk, Gefolge der Königin von Böhmen, Hofdamen, Edelleute, Diener, Zigeuner, Gaukler, Masken.

Zeit der Handlung: 1329—30. Ort der Handlung: Im ersten Acte ein altes Schloß in Lithauen, sonst immer in oder um das Schloß Marienburg des Ordens.

Erster Act.

Erste Scene.

Schloss Bredow in Lithauen.

Ein Saal, hoch und düster, mit zwei großen Bogenfenstern, die auf einen schnee-
bedeckten Tannenwald gehen. Zwischen ihnen an der Mittelwand hängt ein großes
Kreuz. Später Abend, im Kamine eine verlöschende Flamme, sonst keine Beleuchtung
als das bläuliche Mondlicht, welches voll durch die Fenster fällt. Vorne ein Tisch
mit hochlehnigen Stühlen. Jadwiga in schwarzer Trauerkleidung mit geschlossenen
Augen im Lehnstuhl. Beim Aufgehen des Vorhanges ertönt zwölfmal dumpfer
Glockenschlag von der Ferne. Jadwiga fährt auf und richtet sich empor — hastig
in den Vordergrund tretend.

Jadwiga.

Mitternacht ertönt vom Thurme!
Durch die weiten Gänge zittert's
Dumpf und schwer. Schon Mitternacht!

(Lauschend auf den Sturm, den man deutlich in der klaren, kalten Winternacht
heulen hört.)

Nur den Sturmwind hör' ich klagen,
Heulend an die Fenster schlagen,
Sonst noch immer, immer nichts! —
Ob er endlich kommt, ob nicht?
O! wie zitt'r ich auf die Kunde
Aus des trotz'gen Knaben Munde! —
Thor! an diesem Königshofe,
Wo Gehorsam sonst man lernt,
Wolltest selbst die Schwingen proben,
Herrisch der Gewalt entrinnen,
Die Dich eisern bannt an mich.
Haus von Endorf, Dein Beginnen
Meinem Willen zu entrinnen,
Eitel ist's; in meinem Herzen
Liegt besiegelt Dein Geschick.
Du bist mein! mit meinem Frieden,
Meinem ganzen Glück hienieden,
Allen meinen Lebensfreuden,
Knabe! hab ich Dich erkauft.
Kind des Unheils und der Sünde

Wage nicht, mir zu entrinnen,
Unentreißbar halt ich Dich.
(Die Hände krampfhaft an die Stirne gepreßt.)
Könnt ich schlafen, Ruhe finden,
Nur für wen'ge kurze Stunden!
Aber meine Pulse fliegen,
Stürmisch wogt's in meiner Brust,
Denn das Ende seh' ich nahen.
Und die Arbeit langer Jahre
Soll ihr schrecklich Ziel erreichen;
Rache, Rache darf ich finden,
Trinken aus dem Götterkelch!
(Ans Fenster eilend.)
Stimmen! — horch! ein Reiter naht,
Uffo ist's; er bringt mir Kunde
Und die langersehnte Stunde
Der Entscheidung naht heran.
(Sie wendet sich gegen die Thüre.)

Zweite Scene.

Diener mit Lichtern. Uffo in Reisekleidern. Er neigt sich vor Jadwiga, die ihm wild-
erregt entgegeneilt.

Jadwiga.

Endlich Uffo, kehrst Du wieder!

Uffo.

Eis= und Schneesturm hielt mich auf. (Diener ab.)
(Jadwiga mit dem Zeichen leidenschaftlicher Ungeduld auf ihn zueilend.)

Jadwiga.

Sprich nun, sprich! und laß mich wissen
Alles, was man Dir vertraut. —
Sahst Du ihn, den trotz'gen Knaben?
Wie berührt ihn meine Botschaft?
Sprich, wie traf ihn Dein Erscheinen?
Wie empfieng, entließ er Dich?

Uffo.

Herrin, Eurer Rede Fluten,
Hemmen meine schwere Zunge,

Faßt Euch, hört mich ruhiger an
Höret denn die Freudenkunde:
Euer Sohn hält Euch umfangen,
Ehe noch der Morgen graut.

   Jadwiga (düster vor sich hinstarrend).

Heut' noch soll ich ihn empfangen,
Heut' noch muß es sich entscheiden! —
War ich doch des Ziel's so sicher
In den langen, langen Jahren,
Als ich mir ihn auferzogen,
Und nun in der letzten Stunde
Faßt mich Zweifel gräßlich an.

   Asso (nach einer Pause).

Wie die Stunden rastlos fliehen, —
Edle Herrin! geht zur Ruh',
Sucht den Frieden!

   Jadwiga (auffahrend).

Frieden, Frieden,
Unbedachtes, eitles Wort!
Du, in dessem schwachen Herzen
Nie die Leidenschaft getobt,
Weißt Du, was es heißt, zu harren
Freudlos, lichtlos, jahrelang,
Ausgeschlossen von den Wonnen,
Die der Schöpfung gold'ner Bronnen
Seiner Kinder Herzen beut?
Sagt Dir die Erinn'rung nicht,
Mann, was heute für ein Tag? —
Heut' vor dreiundzwanzig Jahren
Mußt' ich aus der Heimat ziehen,
Meiner Kindheit Wonnen fliehen
An des fremden Gatten Hand.
Ralph von Endorf, bleich und düster,
Führte mich ins ferne Land.
In des Schlosses öden Mauern
Mußt' ich Monde, Jahre, trauern
An des Ungeliebten Seite,
Freudenleer und hoffnungslos.

Und zwei Jahre sah ich fliehen
So in ewig gleicher Weise,
Meiner Jugend holdes Träumen
Nebelgleich lag's hinter mir.
Da, an einem Winterabend,
Brachten sie in unsre Halle
Einen Ritter, frosterstarrt.
Unten tief im Tannenwalde,
Wo er seinen Weg verloren,
War in eines Abgrunds Tiefen
Er gestürzt mit seinem Roß.
Ralph von Endorf gab ihm Freundschaft —
Fluch ihm, daß er es gethan,
Fluch! dem unglücksel'gen Zufall,
Der mit seinen Grabesschwingen,
Unheilbergend, unheilbringend
Ins Verderben mich gestürzt!
Lieben müssen, lieben müssen, —
Kannst Du fühlen und begreifen,
Kannst Du's fassen, was es heißt,

(Ihn bei der Hand fassend.)

In den langen Wintermonden
Einsam auf der alten Veste,
An des finstern Gatten Seite,
Jenes Antlitz sehen müssen,
Liebeflehend, bleich und hehr.
Und die ewig wache Stimme
Wild im Herzen niederdrängen,
Die mit süßen Seraphsklängen,
Leidenschaft und Hoffnung weckt?
Männlich eisern war mein Handeln,
Heilig galt mir Pflicht und Recht.
Nicht dem ersten Liebesworte
Öffnet treulos sich dies Herz,
Durch des Stolzes Eisenpforte
Nimmer drang der wilde Schmerz.
Und mit glühendem Verlangen
Wünscht' ich, Argwohn sollt' ihn fassen,
Meinen rauhen, düst'ren Gatten,
Aber ach, vergebens war's.

Und der Winter war verflogen,
Durch die Erkerfenster zogen
Frühlingssonne, Maienluft,
Und noch immer weilt im Schlosse,
Frevle Hoffnung in der Brust,
Der Verruchte, den ich hasse
Aus der tiefsten Seele hasse,
Der mit der Dämonen Zauber
Mich an sich gefesselt hielt.
Aber ach, die Stunde kam,
Da die Engel von mir giengen,
Finst're Geister mich umfiengen,
Meines Stolzes reine Blüte
In den Staub gebrochen sank! —
Denkst Du dran, vor neunzehn Jahren?
Schuldig, elend, ruhelos
Irrt' ich durch des Schlosses Hallen,
Schon dem Rächerarm verfallen
Meines wüthenden Gemahls,
Der die schwere Schuld entdeckt!
Dumpf bewußtlos sank ich nieder
Und erwacht' zum Leben wieder,
Erst in diesem öden Thurm;
Wie des Todes bleicher Bote
Stand mit wildentflammtem Blicke
Ralph von Endorf starr vor mir,
Und mit rachevoller Tücke
Bot er mir den Richterspruch:
Ew'ge Trennung, ew'gen Fluch!
Seinen Namen mußt ich lassen,
Alles, was an ihn mich band,
Ewig fern dem Heimatland,
Hier in Bredows düst'ren Mauern,
Ohne Trost und Hilfe trauern,
Du allein nur bliebst bei mir!
Elend, ohne jedes Hoffen,
Mich verlassen hier zu seh'n,
Nur den Tod als Rettung offen,
Also büßt' ich mein Vergeh'n!

(Sie stürzt auf einen Sessel nieder und vergräbt das Haupt in den Kissen.)

Asso (bewegt nach einer Pause).

Edle Herrin, Euren Kummer
Ehrt des Dieners fühlend Herz,
Aber denkt, im herbsten Schmerz,
Blüht auch Euch noch eine Blume:
In des Sohnes künft'gen Ruhme,
Findet Ihr verlor'nes Glück.
Heute kehrt er Euch zurück,
Stolz und kühn im Blick, dem klaren,
War er in den langen Jahren,
Stütze Trost und Wonne Euch!

Jadwiga (auffahrend, heftig).

Stütze, Trost und Wonne er;
Eitler Träumer, nimmermehr!
Glaubst Du, daß des Daseins Qual
Achtzehn Jahre ich ertragen,
Alle Leiden ausgekostet,
Mutter bloß dem Sohn zu sein?
Hör's und wisse: Rache, Rache!
Ist das Sehnen meiner Brust,
Ihr erzog ich mir den Knaben
Einsam in der Wildnis auf,
Auf dem Glück, das ich begraben,
Thürmt ihr Riesenbau sich auf.

(Nach einer Pause düster.)

Ralph von Endorf ist gestorben
Aber er, er athmet noch,
Er, der nicht im Kampf gefallen,
Wie ich später erst vernommen,
Der zu Ehr' und Glanz gekommen
Und in all den langen Jahren
Nach dem Weibe, das er liebte,
Nicht ein einzigmal geforscht!
Er, der mich vergessen konnte,
Schmählich meine Liebe lohnte,
Die verzweifelnd ich ihm gab.
Einsam schmachvoll und vergessen
Wandl' ich fluchbedeckt auf Erden,
Werner von Orselens Namen

Nennt mit Ehrfurcht jeder Mund.
Rache, Rache, Göttergabe,
Dir allein hab' ich gelebt,
Dich nur hab' ich angestrebt.
Endlich ist mein Tag erschienen,
Endlich, endlich soll beginnen
Der Vergeltung schrecklich Werk.

Asso.

Doch was wollt Ihr mit dem Sohne?
Bei der That, die ihr beschlossen,
Was soll er, der nichts von Eurer
Jugend Wetterstürmen weiß?
Denn er glaubt den Vater todt,
Grausam nicht von Euch gerissen,
Bei dem Namen nur von Bredow
Kennt er sich und Euch allein.
Soll er in den Rachefluten
Eures Strebens sich verbluten,
Soll der Jugend Rosenschimmer
In des Sturms Gewalt vergeh'n?

Jadwiga.

Schweig'! Was kümmert mich Dein Wort,
Was des Knaben frommer Sinn?
Nur ein Streben leitet mich
Von des Elends Anbeginn!
Denkst Du seiner reinen Seele,
Denk' auch ich war fromm und rein;
Denkst Du seines edlen Stolzes —
Stolzer noch als er, war ich!
Wisse, seit dem ersten Tag,
Da der Sohn mir ward gegeben,
Weiht' ich schon sein frisches Leben
Für das heiß ersehnte Ziel.
Ohne daß er's weiß und ahnt
Soll er meine Wege wandeln
Und von dunkler Macht getrieben,
Für mich hassen, rächen, handeln.
Nach Marienburg, der Veste,

Soll drum Hans von Bredow zieh'n,
Und im Kleid der Ordensritter
Unerkannt ihm nahe sein,
Ihm dem stolzen hehren Meister,
Den bewundernd jeder nennt,
Den nicht Schuld, noch Elend drückt,
Der nur Herzen stärkt, beglückt,
Ihm soll er zur Seite stehen
Und die Fäden meiner Rache
Um ihn spinnen leis und still —
Jedes Mittel gilt mir gleich!
Um die Rache zu erlangen,
Ohne Zögern, ohne Bangen
Würf' ich gern mein Leben hin!

Dritte Scene.

(Während der letzten Worte tritt Johann von Endorf ein, läßt an der Thür den Mantel, der ihn verhüllt, fallen, so daß seine Kleidung, reiche Reisetracht der Edelknaben in den böhmischen Farben zum Vorschein kommt, dann eilt er auf seine Mutter zu, während Uffo nach einer freudigen Geberde des Erkennens den Saal verläßt und fällt ihr zu Füßen. Ihre Hand ergreifend mit tiefer Bewegung, während Jadwiga bei seinem Anblick unwillkürlich zurückweicht, dann aber kalt und finster dasteht.)

Johann.

Mutter, Mutter, Euch zu Füßen,
Laßt mich tiefbewegt Euch grüßen,
Laßt mich diese Hand erfassen,
Die, ach, in drei langen Jahren
Niemals segnend mich berührt.
Nehmt dies Herz und nehmt dies Leben,
Sagt, wohin soll kühn ich zieh'n,
Eurem Spruch wird sich ergeben
Dieser unbezähmte Sinn.

Jadwiga.

Wohl so wisse, Hans von Bredow:
Kampf und Ehre soll Dir werden
Schneller noch als Du's gedacht.
Achtzehn Jahre bist Du alt,
Doch noch keiner Heldenthaten,
Keines Ruhm's kannst Du Dich freu'n.

(Mit ernster, feierlicher Stimme.)

Auf Marienburg, der Veste,
Herrscht ein Orden, reich an Macht,
Reich an Ehre, Glanz und Pracht;
Glücklich, wär' ich selbst ein Mann,
Pries' ich mich, der deutschen Ritter
Einer, ruhmgekrönt zu heißen.
In den Orden trittst Du ein,
Hier die Schriften sichern baldig
Dir den freundlichen Empfang.
Schwerterklang und Chorgesang
Sollen Deines künst'gen Daseins
Stetige Begleiter sein.
Uffo soll Dich hinbegleiten
Und als Knappe bei Dir bleiben.
Und mit Glück soll's mich erfüllen
Dich, die Hoffnung meiner Tage,
Als den Träger solcher Ehren,
Fromm und kühn vor mir zu seh'n.

(Nach einer Pause lauernd.)

Nun, wohlan, wo bleibt Dein Dank?

(Johann steht regungslos, mit todtbleichem Antlitz, den Blick starr auf sie gerichtet.
Dann rafft er sich gewaltsam auf, eilt auf sie zu und faßt leidenschaftlich Ihre Hand.)

Johann.

Mutter, sprecht's noch einmal aus,
Sagt mir, ob Ihr mich nicht täuschen,
Ob Ihr mich nicht prüfen wolltet,
Sagt, ob Eure Worte Wahrheit.
O! Um aller Heil'gen willen,
Quält mich, quält mich länger nicht.

Jadwiga.

Wahrlich, es ist heil'ger Ernst,
Und im Kleid der Ordensritter
Wünsch' ich bald Dich zu begrüßen,
Denn Dein Wort ist mir verpfändet!

(Johann stürzt in den Sessel nieder und vergräbt sein Gesicht in den Händen).

Johann.

Weh' mir Unglücksel'gen, weh'

(Jadwiga fährt zusammen und wendet sich finster ab. Nach einer Pause rafft sich Johann gewaltig auf und eilt auf seine Mutter zu, sich ihr leidenschaftlich zu Füßen werfend.)

Mutter, Mutter, habt Erbarmen,
Fordert alles, ach, von mir,
Alles, nur dies eine nicht!
Auf den Knieen seht mich liegen,
Hört mein Flehen zu Euch dringen,
Mutter, nehmt dies Wort zurück!

Jadwiga.

Mein Gebot wirst Du erfüllen,
Fest bleib ich bei meinem Willen!

Johann.

Mutter!

(Er macht eine so heftige Bewegung auf sie zu, daß aus seinem Wams ein Medaillon, welches dort verborgen war, klirrend zur Erde fällt. Er bückt sich hastig es aufzuheben.)

Jadwiga (sich umwendend.)

Halt, was fiel da?

(Sie entreißt ihm das Bild, wirft einen Blick darauf und prallt zurück).

Ha! Was seh' ich?

(Johann steht da, regungslos, das Haupt gesenkt. Jadwiga betrachtet das Bild einen Augenblick schweigend, dann richtet sie sich hoch auf und geht auf ihn zu, festen Schrittes; sie hält ihm das Bild entgegen, den Blick voll auf sein Gesicht geheftet, mit starker Stimme.)

Wer ist dies!
Sprich! Vergeblich ist Dein Trachten,
Länger noch mir zu verbergen
Deiner Weig'rung wahren Grund!
Dieses Bildnis sagt ihn mir,
Und die Schuld, die Du begangen,
Schmählich Deiner Mutter Herzen
Zu verhehlen Dein Gefühl,
Sühnt ein frei Geständnis nur!
Darum rasch, wie nennt sie sich?
Sie, die Dich bethören konnte,
Sie, die Deine reine Seele
Schon so bald mit bösem Zauber
Von den Pflichten abgelenkt
Rede, sag' ich!

Johann.

Zürnt mir nicht!
Klagt mich nicht der Falschheit an,
Daß ich ängstlich Euch verborgen,
Was in meinem Busen wohnt.
Wagt' ich mir doch selber kaum
Scheu im Herzen zu gestehen
Dieses mächtige Gefühl.
Ja, ich liebe! heiß und wahr,
Unbegrenzt aus tiefster Seele,
Schon ein ganzes, langes Jahr.
Unerforschlich, wunderbar
Hat in ihren Zauberwogen
Unbemerkt mich fortgezogen
Diese wilde Leidenschaft.
Dort am Hofe sah ich sie
In dem stolzen Kreis der Damen;
Ewig doch die schönste sie,
Nennt wohl mit Bewund'rung dort
Wanda von Saronskas Namen
Liebeflehend jeder Mund.
Liebeswonne, Liebesglück,
O! Ihr habt sie nie gekannt,
Jene süßen Himmelsboten,
Niemals ja gieng Eurem Herzen
Diese Frühlingssonne auf.

Jadwiga (wild auffahrend).

Schweig!

Johann (ohne es zu beachten).

Ihr selber sagtet's mir,
Ohne Freude, ohne Liebe,
Nur auf Euer Eltern Wunsch
Reichtet Ihr die Hand dem Gatten;
Stolz und streng ist Euer Sinn,
Wenn Ihr mir entgegentretet.
Mit dem kalten düst'ren Wesen,
Mit dem unbewegten Blick
Drängt das Wort sich scheu zurück.

O! Ihr wißt nicht, was es heißt,
Wenn im tiefsten Herzensgrunde
Jener gold'ne Traum sich regt,
Wie's das ganze Sein bewegt.
Hoch hinauf bis zu den Sternen,
Ach, in unbegrenzte Fernen,
Trägt uns kühn der Wunsch empor,
Das Geliebte zu erringen,
Und er löst des Geistes Schweigen,
Lehrt uns kämpfen und ertragen
Alles, selbst das Kühnste wagen
Um den einen hohen Preis!

Jadwiga (nach einer Pause).

Nun und diese heiße Liebe,
Findet sie Erwiderung?

(Da er betreten schweigt.)

Eitler Thor, wohl dacht ich mir's,
Einem Trugbild folgt Dein Herz,
Einem Wahn nur gilt Dein Schmerz,
Und ein schönes knospenreiches
Dasein willst Du sinnlos opfern
Einem Traum der Phantasie!
Hans von Bredow, hüte Dich!
Unheilvoll und fürchterlich
Muß Dir diese Liebe werden,
Gibst Du zwanglos ihr Dich hin.
Lieb' ist Elend, Lieb' ist Qual,
Führt zur Sünde, führt zum Fall,
Tausend Menschenherzen brechen
Unter ihrer Riesenlast. —
Glaube mir und fürchte sie
Alle jene finst'ren Geister,
Die das schwache Herz beherrschen,
Banne, banne sie von Dir!

Johann.

Mög' der Himmel mir verzeih'n,
Mutter, daß ich Euch betrübe,
Meines Herzens wildem Drängen
Kann ich nimmer widersteh'n!

(Mit Innigkeit.)

Laßt mich in die Ferne zieh'n,
Hell an meinem Jugendhimmel
Glüht der Hoffnung sonnig Licht.
Bei der Liebe gold'nen Sternen
Wähl' ich mir in sel'gen Fernen
Dort ein glücklich Heimatland,
Euer Herz wird sich ergeben,
Führ' ich erst Euch zu die Braut,
Nie noch habt in Eurem Leben
Ihr ein süßer Bild geschaut.
Lebt denn wohl für kurze Zeit,
Meiner Hoffnung trauter Schimmer
Leite mich durch Noth und Leid.

(Er wendet sich langsam, wie zögernd zum Abgehen. Bei seinem Schritt fährt Jadwiga wie wahnsinnig empor, und vertritt ihm den Weg. Johann bleibt wie gebannt von ihrem Blick stehen.)

Jadwiga (sehr leidenschaftlich).

Halt! Eh Du noch von hinnen geh'st,
Sollst Du noch das letzte hören.
Warum lebt' ich hier verborgen,
Einsam, neunzehn lange Jahre,
Allen Lebensfreuden fern?

(Mit vor Bewegung erstickter Stimme.)

Wisse denn in dieser Stunde:
Finst're Thaten sind gescheh'n,
Thaten, fluch= und unheilvoll
Einst im Kreise Deiner Väter,
Thaten, die um Rache schrei'n!
Tiefes Elend, Sünd' und Leid,
Sind die Folgen jener Zeit,
Unheil gibt seit diesem Tage
Schwer und dumpf uns das Geleit.
Was auf Erden wir beginnen,
Bringt Erfolg nicht, bringt nicht Glück,
Eh wir nicht das Unheil sühnen,
Kehrt kein Friede uns zurück,
Ruh'los irrte schon Dein Vater
Gramvoll durch das öde Leben,
Sühne suchend und Vergebung

Für der Väter schwere Schuld.
Erst auf seinem Todtenbette
Trat zu ihm ein edler Greis,
Den als heilig in der Gegend,
Volk und Ritter hoch verehrten.
Und er sprach mit heit'rem Blick:
„Mild're Deine tiefe Trauer,
Höre, was der Schuld zur Sühne
Mir im Traum der Herr befahl.
Eines Sohnes freu'st Du Dich!
Er der letzte seines Stammes,
Also ist's bestimmt vom Himmel,
Soll den Bann der Sühne brechen,
Soll von ihrer Last erlösen
Dich und Deiner Ahnen Schar.
In dem deutschen Ritterorden
Harren Ruhm und Ehre sein,
Mit dem Kreuz und mit dem Mantel
Wird von Schuld er Euch befreien,
Als der Letzte seines Stammes,
Bring' er Frieden Eurem Hause.
Aber wenn mit Allgewalt
Ihn die finstern Geister fassen,
Die des Himmels Söhne hassen,
Wenn zu weltlichem Beruf
Er sich trotz'gen Sinnes kehret,
Dann für immer ist erloschen
Gottes Gnadenblick für Euch!"
Als der Greis dies Wort gesprochen,
Hastig mit der letzten Kraft,
Faßt Dein Vater meine Hand,
Sprach's mit hoffnungsvollem Blick,
So lass' hier ich Dich zurück
Als die Hüterin des Knaben,
Als des Spruchs Vollstreckerin!
Schwöre! Diesem Ziele nur
Richte zu sein Glauben, Denken,
Auf sein künftig heilig Amt. —
Und ich schwur. — Allmächt'ger Gott!
Schwur bei meiner Seligkeit,

Schwur bei allem was auf Erden
Hoch und heilig meiner Brust.
Gott im Himmel hab' Erbarmen! —
Meineid, Meineid war mein Schwur,
Und verwirkt hab' ich mein Leben. —
Falscher Schwur, den ich gegeben,
Zwingt zur Sühne, zwingt zum Tod.
Hinter mir folgt das Verderben
Und mir selbst muß ich entflieh'n,
Retten kann ich nicht, doch sterben —
O! verhaßte Welt fahr' hin.

(Sie reißt blitzschnell den in ihrem Kleide verborgenen Dolch hervor und will ihn sich in die Brust stoßen. Johann, der sie scheu, wie im Traum betrachtet hat, stürzt wie wahnsinnig auf sie zu, entreißt ihr die Waffe und schleudert sie weit von sich. Sie stehen sich Aug' in Aug' gegenüber. Große Pause.)

Johann

(drückt die Hand an die Stirne, wie um sich zu fassen, nach einer Pause mit seltsam tonloser, erloschener Stimme, langsam und schwer).

Nun wohlan, es ist entschieden,
Glück! fahr' hin, Du süßer Wahn!
Nur ein Pilger mehr hienieden,
Wandl' ich denn die schmale Bahn.
Mutter! Euer Wunsch geschehe,
Nehmt dies junge Leben hin; —
Ruh', begraben hier im Herzen,
Schöner sel'ger Liebestraum!
Heil'ge Schwüre, Pflicht der Ehre,
Tödten jenen holden Trieb.
Gott im Himmel gib mir Kraft,
Gib mir Fassung, es zu tragen,
Senke Frieden, senke Duldung
In mein zuckend, brechend Herz.
Büßen, büßen, sühnen müssen
Sünden, die ich nie gekannt!
Finst're Geister dieser Erde,
Furchtbar richtet Eure Hand! (Er stürzt ab.)

Vierte Scene.

Sobald er verschwunden ist, läßt Jadwiga die Hände sinken und eilt in den Vordergrund.

Jadwiga (mit Leidenschaft die Hand erhoben).

Rachegötter dieses Hauses
Leiht mir, leiht mir Eure Kraft!
Untergeh'n in Euren Gluten,
Langsam wehrlos sich verbluten
Soll der unbesiegte Held!
Und auf seines Glückes Trümmer
Pflanz' ich dann im blut'gen Schimmer
Meines Hasses Flammenschwert. (Ab.)

Der Vorhang fällt.

Zweiter Act.

Erste Scene.

(Fünf Monate später.)

Das Ordensschloß Marienburg. Ein großer Empfangssaal in des Meisters Remter. Tische und Stühle im Vordergrund. Dem Zuschauerraum gegenüber ein Erkerfenster, zu dem mehrere Stufen hinaufführen. Verschiedene Ausgänge zu beiden Seiten. Hans von Bredow und Winrich von Knipprode, letzterer ein junger Ritter, einige Jahre älter als Johann, beide in Ordenstracht, treten im Gespräche von rechts ein.

Winrich (in einer begonnenen Rede fortfahrend).

Höre eines Freundes Worte,
Komm' aus diesem düst'ren Sinnen,
Richte kräftig Dich empor.
Ist es eines Ritters würdig,
Jung und hoffnungsreich wie Du,
Seine Tage hinzuschleppen
Freudlos, unmuthsvoll und trüb;
Rosig lächelt Dir das Leben,
Junger, Gott geweihter Held,
Unerklärlich ist Dein Gram
Mir und allen unsren Brüdern —
O! erschließe mir die Seele,
Die so tiefen Schmerz verbirgt!

Johann.

Laß mich meine Wege wandeln
Unbehelligt, freudenlos —

(Düster vor sich hinstarrend.)

Meine Jugend ward vergiftet
Von der Sünde finst'rem Fluch,
Die mit ihren schweren Folgen
Reicht durch die Jahrhunderte.
Nur ein Werkzeug, nur ein Opfer
Bin ich sühnender Gewalt.
Wißt es endlich, laßt mich geh'n,
Leb't in Euren ros'gen Plänen,

Hoffet, träumet und seid fröhlich —
Mich nur, mich laßt einsam sein!
<small>(Er setzt sich nieder und stützt das Haupt in beide Hände.)</small>

Winrich <small>(besorgt seine Hand erfassend).</small>

Du bist krank. O, fasse Dich!
Fieberwahn hält Dich umfangen,
Kehr' zur Wirklichkeit zurück.
<small>(Man hört eine Glocke schlagen.)</small>

Zehn Uhr, Freund, ertönt vom Thurme,
Lang' nicht kann der Meister zögern,
O! beherrsche Deinen Kummer,
Wenn Du jetzt vor ihm erscheinst.
Kennst Du Werner von Orselen,
Der gefürchtet rings im Land?
Laß ihn keine Schwachheit sehen.
Fasse Dich, ich seh' Dich wieder,
Kehrst Du aus dem Remter heim.
<small>(Ab. Johann setzt sich zum Tische und versinkt in schwermüthiges Träumen.)</small>

Zweite Scene.

<small>Ludolph von Weizau, Dietrich von Oldenburg, Heinrich von Meißen, Karl von Oppen und Walpot von Aremberg mit vielen anderen jungen Rittern treten von der entgegengesetzten Seite ein.</small>

Oldenburg.

Freunde, hütet Euer Wort,
Laßt uns nicht zu offen reden,
Hört uns doch der wohlgesinnte,
Gute, treue Aremberg,
Der sein Schlachtschwert sanft nur führt,
Wie ein frommer Mönch die Bibel,
Doch die Zunge um so besser,
Wenn es aus Verklagen geht.
Gestern noch hat ihn der Comthur
Uns als Beispiel vorgestellt,
Hört's, ob seiner Sittenreinheit
Und ob seiner Pünktlichkeit.

Weizau.

Ihn als Beispiel, Oldenburg?
Wahrlich, das soll ihn gereuen.

Wer des Comthur Liebling heißet
Büßt es tausendfach bei uns,
So ist's alte Ordensregel
Und der sind wir stets getreu!

Meißen (bei Seite).

Dieser mehr als jeder andern,
Du wohl fast nur der allein.

Oldenburg (zurückrufend).

Weizau, Meißen, Aremberg!
Kommt! seht dieses Bildnis an!

(Da die Ritter sich vordrängen, fortfahrend.)

Wer ist dieser Nebelschatten,
Der verhüllt im weißen Mantel?

(Johann richtet sich auf und steht den Rittern mit finsteren Blicken gegenüber.
Oldenburg stockt einen Augenblick und fährt dann fort.)

Seht, ich hab' mich nicht betrogen,
Gott zum Gruß, Freund Griesegram!

Johann (ruhig).

Oldenburg, laß mich in Frieden,
Nicht zum Scherzen kam ich her,
Denn mich hat zu sich beschieden
In dem Remter, unser Herr.

(Indem er sie nach der Reihe vorwurfsvoll anblickt.)

Kaum kann ich es recht begreifen,
Was Euch Alle hergeführt?
Ist's doch nach der Ordensregel
Streng' den Rittern all' verboten
Ohne den Befehl des Herrschers
Hier an diesem Ort zu sein.

Weizau (höhnend).

Seht, er will uns gern' entfernen,
Lästig, dünkt mir, ist ihm seiner
Ordensbrüder Gegenwart.

Meißen (zornig).

Glaubst Du, unbekannter Knabe,
In den Orden kaum getreten
Ohne Thaten, Ruhmes reich
Uns zu zeichnen unsern Weg?

Wisse, Freiheit, eig'ner Wille
Enden mit dem heil'gen Schwur —
Auch in Spielen und Erholung
Bist Du Mitglied unsrer Schar.
Dieses scheue fern sich halten
Von dem Kreis, dem Du gehörest,
Weckt Verdacht schon in den Herzen,
Auch der Meister merkt es längst.

Weizau.

Wärst Du doch ein Mönch geworden,
Besser ziemte Dir d e r Stand,
Kannst ja kaum das Schwert erheben,
Schwingen kaum es in der Hand!

Oldenburg.

Ja, fürwahr, Weizau hat Recht;
Besser passen Psalmgesänge,
Als des Kriegshorns frohe Klänge
Für dies fromme Bleichgesicht. —
Hört es, Freunde mein, ich wette,
Statt, daß muthig er im Kampfe
Wie ein echter Ritter ficht,
Macht er drauf ein Sinngedicht,
Das er freundlich dann zur Leier,
Wenn wir wiederkehren, singt!

Johann (zornig).

Schweiget, sag' ich, reizt mich nicht!

Weizau (freundlich).

Hans von Bredow, fürchte nichts,
Nicht wird Dich der Meister zwingen,
In den künft'gen Kampf mit Polen
Fort zum Heer mit uns zu zieh'n.

Oldenburg.

Nein, er läßt Dich gern zurück,
Kann doch als des Hauses Hüter
Er sich keinen Bessern wünschen,
Als des Ordens frömmsten Sohn,
Friedlich kannst Du hier dann weilen,

Kannst die Klostergärten pflegen,
Daß sie reiche Früchte hegen.
O! fürwahr, ein herrlich Leben,
Ganz des weißen Mantels wert.

Johann (in Wuth ausbrechend).

Auf der Stelle fort von hier,
Oder ich vergesse mich —
Falsche, niederträcht'ge Herzen,
Die Ihr mit des Bruders Schmerzen
Spiel nur treibt verruchter Art!
Ha! bei Gott, wollt' ich Euch höhnen,
Hätt' dazu ich Grund genug.
Vor'm Altar seh' ich Euch liegen
Heuchelnd, doch die Blicke fliegen
Weitab, die Gedanken schweifen
Fort zur Sünde und zur Schuld.
Fromme Lieder könnt Ihr singen,
Aber nicht ein Opfer bringen
Eurem Gott geweihten Stand!
Ehrlos nenn' ich Eure Hand,
Da das heil'ge Schwert sie führet,
Und das heil'ge Kreuz berühret,
Während doch im falschen Herzen
Trug und eitle Weltlust wohnt!

(Es entsteht zornige Bewegung unter den Rittern.)

Oldenburg (drohend).

Mönchlein, Mönchlein, hüte Dich! —

(Bredow reißt in sinnloser Wuth sein Schwert heraus und stürzt auf Oldenburg los. Von den Rittern zurückgehalten. Oldenburg zieht ebenfalls das Schwert, in demselben Augenblicke öffnet sich die Thüre links, der Hochmeister und der Großcomthur treten ein. Bei diesem Anblick tritt der Hochmeister erstaunt, der Comthur erschrocken zurück.)

Orselen.

Ha! was seh' ich?

Comthur.

Güt'ger Himmel!

(Er zieht eine Schreibtafel heraus und beginnt nach scharfer Musterung die Namen der Ritter aufzuschreiben, welche vor Schrecken erstarrt dastehen. Bredow noch immer mit bloßem Schwerte, während Oldenburg das seine rasch in die Scheide gesteckt hat. — Nach einer Pause kommt Orselen mit finsterem Blicke vorwärts. Er gibt den Rittern bis auf Johann ein gebieterisches Zeichen, sich zu entfernen. Dieselben beugen das Knie und entfernen sich rasch. Johann bleibt mit gesenktem Haupte stehen. Der Comthur zieht sich zum Erkerfenster zurück. Pause.)

Dritte Scene.

Der Hochmeister, der Comthur, Bredow. Der Hochmeister geht mit festem Schritte auf den Jüngling zu, der auf ein Knie gesunken ist und nimmt ihm mit zornigem Blick das Schwert aus der Hand, welches er auf den Tisch legt. Nach einer Pause, indem er Johann ein Zeichen, sich zu erheben, gibt.

Orselen.

Wie mich dünkt, zu guter Stunde,
Hans von Bredow, trat ich ein;
Tiefer Gram erfüllt mein Herz,
Dich, der sanftern Wesens schien,
Wilder noch als Deine Brüder,
Ungeberdiger zu finden.
Sprich! was riß soweit Dich hin,
In der Burg das Schwert zu zieh'n
Gegen Deine eig'nen Brüder?

Johann.

Wie soll ich die Worte wählen,
Hoher Meister, mir zum Vortheil,
Wie soll ich die That entschuld'gen,
Die ich frevelhaft gewagt?
Ach, ich wollte Frieden halten,
Glaubt es, Herr, im Herzen nimmer
Wünscht' ich Feindschaft, Streit zu suchen,
Doch mein Blut rollt wild und heiß.

(Mit steigender Bewegung.)

Und sie kamen auf mich zu,
Spottend, scharfe Worte fielen,
Bitt'rer stets ward drum der Streit.
Kurz, sie höhnten mein Gebaren,
Nannten Feigheit meine Ruh',
Sinnlos stürzt' ich auf sie zu,
Eines Beff'ren sie zu lehren —
Und den Schimpf von mir zu wehren.

Orselen

(nach einer Pause, nachdem er den Jüngling gedankenvoll betrachtet).

Hans von Bredow, höre mich!
Denke nicht, der strenge Meister,
Nicht des Ordens Fürst und Führer,
Denk', es steht ein Freund vor Dir.

Du bist jung, aus Deinen Blicken
Spricht ein stolz', ein feurig Herz,
Spricht ein stummer, heißer Schmerz.
O! ich hab' es wohl gesehen
Seit Du in den Orden tratest,
Meidest Du der Brüder Schar —
Offen will ich Dir's gesteh'n
Du gewannst sofort mein Herz.
Stürmisch wild ist wohl Dein Fühlen,
Rein und edel scheint Dein Herz.
Hüte Dich, der erste Fehltritt
Ist des Sturzes Anbeginn.
Doch genug nun dieser Dinge.
Sprich, was wünscht Dein sehnend Herz?
Was ist Deines Hoffens Ziel?
Da Du nicht bei Scherz und Spiel
Frieden findest, Glück und Ruh'.

Johann (leidenschaftlich).

Fragt Ihr mich und darf ich's sagen
Endlich offen, ohne Scheu,
Was ich in der Brust getragen
Längst als höchsten, wärmsten Wunsch.
Wollt Ihr wirklich mich beglücken,
O! dann sendet mich hinaus
In der Schlacht gewaltig' Toben,
In des Kampfes Sturmgebraus!
Dort fühlt sich mein Geist gehoben.
Seht mich hier zu Euren Füßen,
Wollt Ihr Frieden mir verleih'n,
Laßt den Feind mich blutig grüßen,
Einen Gotteskämpfer sein!

Orselen.

Kühn ist, Jüngling, dieser Wunsch,
Sonst nur lang bewährten Rittern
Pflegte jenes Glück zu werden,
In die off'ne Schlacht zu zieh'n.
Doch mein Herz neigt sich Dir zu,

Seltsam fühl' ich mich gefesselt,
Knabe, durch Dein stürmisch' Fleh'n.
Wohl, ich will ihr denn vertrau'n
Der geheimnisvollen Stimme,
Die sich heut' zu Deinen Gunsten
Tief in meiner Seele regt.
(Nach einer Pause.)
Drohend ist der Kampf in Polen,
Böhmens Herrscher schickt mir Truppen,
Ihnen magst Du Dich verbinden,
Um zum großen Heer zu zieh'n.
Find' ich sonst noch einen Auftrag,
Dir Gelegenheit zum Ruhm
Und zu Ehr' und Glanz zu geben,
Will ich gerne Dir vertrau'n.
Geh' nun, denke meiner Worte
Und bezähm' Dein wildes Blut,
Hemme der Gedanken Flut,
Berge sie in Deiner Seele,
Daß sie frühe schon sich stähle
Gegen künft'ger Blitze Glut.

(Johann mit Kniebeugung ab, nachdem ihm der Hochmeister sein Schwert zurück-
gegeben hat.)

Vierte Scene.

Der Hochmeister, der Großcomthur. Letzterer verläßt, sobald der Jüngling den Saal verlassen hat, den Erker und nähert sich rasch dem Fürsten, der in tiefe Gedanken verloren dasteht.

Comthur.

Edler Fürst, Du machst mich staunen,
Laß mich Dir ins Antlitz seh'n;
Ist dies Werner von Orselen
Wirklich, ist's der strenge Meister,
Den bis heute ich gekannt?

Orselen (seine Hand fassend, lebhaft)

Ludger, altbewährter Freund,
Der an Weisheit und an Jahren,
Wie Erfahrung mir voraus,

Schilt mich nicht ob dieser Regung,
Die mich vorhin überkam.
Ja, ich will es Dir gestehen,
Bei des Jünglings klarem Blick
Kehrte mir Erinn'rung wieder
An die schöne Jugendzeit.
Bin ich stolz mir doch bewußt,
Daß ich einstmals gleich ihm war
In des Lebens Blütenmorgen,
Da der Seele reiner Spiegel
Schuldlos noch und frühlingsklar,
Nicht vom Schatten auch der Sünde
Noch des Gram's verdunkelt war.
Wohl mir, daß ich so gewesen —
Weh' mir, daß ich's nicht mehr bin!
Seit dem finst'ren Tag der Sünde
Weder Ruh' noch Rast ich finde,
Scheint sie auch gebüßt vergessen,
Stets doch wacht es wieder auf
Jenes schmerzliche Gefühl,
Das mit seinen Schlangenringen
Meinen Geist gefangen hält.

Comthur (ans Fenster tretend).

Scheuch hinweg die düstren Grillen,
Wende Dich dem Leben zu;
Blick' hinaus auf jene Auen,
Sieh' doch, welch ein Frühlingstag!
Wie vom Himmelsdom, dem blauen,
Sonnenstrahlen niederthauen
Demantgleich, in Maienpracht.
Sieh', die Erde ist erwacht;
Solch ein Tag begräbt im Herzen
Alle die vergangenen Schmerzen
Und befreit vom herbsten Gram.

Orselen
(der ihm gefolgt ist und auf den unteren Stufen steht, mit wehmüthigem Blick)

Nein, Comthur, Dein Wort ist falsch —
Solch ein Tag weckt meinem Herzen

Alle die vergang'nen Schmerzen
Und erneuert jede Qual!
(Düster.)
Solch ein Tag war's, als in Schwaben,
Dort in Endorfs düstern Mauern
Nach gebrochner Freundestreue
Mich das Schicksal schwer erreicht.
Himmel, denk' ich jener Zeit,
Faßt's mich wie Verzweiflung an —
Jene Blume, die ich knickte,
Ruht ja längst im dunklen Grab!
O! Jadwiga, holder Schatten
Aus vergang'nen dunklen Tagen,
Die trotz Schuld, trotz Leid und Sünde
Himmelsseligkeit für mich!
Nie sah ich ein Antlitz mehr
Deinem gleich an edler Schönheit,
Nie mehr fand ich eine Seele
Deiner gleich an hohem Sinn.
Als Du dann von mir gerissen
Wurdest durch des Gatten Hand,
Als nach unser'm blut'gen Zweikampf,
Wochenlang zu todt verwundet
Ich in einer Hütte lag —
O! in meinen Fieberträumen
Selber wie gedacht ich Dein!
Wie nach Deiner Spur ich forschte,
Als vom Tode kaum erstanden
Einsam ich durchs Land geirrt.
All das weiß nur Gott allein!
Doch mein Herz es ist gebrochen
Seit dem schaudervollen Tag,
Durch die Lande ging der Ruf,
Plötzlich, rasch seist Du gestorben,
Ralph von Endorf lebte einsam,
Menschenfeindlich auf der Burg.
Und ein Büßer ohne Frieden
Trat ich in den Orden ein,
Weihte Gott, den ich beleidigt,
All mein Reu' erfülltes Herz.

Comthur.

Und Du sühntest tausendfach
Treulich jene finstre That,
Niemals sah ich einen Ritter
Tapfrer, herrlicher als Dich,
Wie Du stets die Regeln hieltest,
Wie Du fromme Demuth übtest
Allen Brüdern rings als Beispiel,
Davon, Werner, sprichst Du nicht,
Längst gesühnt ist jene Schuld.

Orsesen (düster).

So nicht sühnt sich ein Verbrechen,
So nicht, Ludger, glaub' es mir.
Sie, die elend ward durch mich,
Wandelt ein verklärter Schatten
Längst, ach, schon im Todtenreich;
Aber ich! Auf mich allein
Fällt die Schuld und auch die Strafe!
Könnt' ich mit dem Tode sühnen
Das Vergeh'n, ich thät es gern!
Durch ein schön' und glorreich Leben,
Offen sprech' ich heut' es aus,
Zieht sich wie ein dunkler Streif,
Jede gute That verhüllend,
Jeder Tugend Glanz vernichtend,
Dieser düst're Schatten hin.
Ahnend sagt es mir mein Geist,
Niemals kann ich ihm entflieh'n!

(Nach einer Pause mit Anstrengung, im gewöhnlichen Tone.)

Laß uns dies Gespräch beenden,
Wicht'ge Dinge zu beraten
Mit Dir hab' ich heute noch.

(Er tritt zum Tisch und ergreift die darauf liegenden Schriften, der Comthur steht noch immer beim Erkerfenster. — Die Thüre links öffnet sich leise, Uffo erscheint und bleibt zögernd beim Anblick der beiden Ritter stehen und belauscht hinter einer Säule sich verbergend das folgende Gespräch.)

Orsesen (fährt fort).

Schwarzburgs Triers Briefe künden
Nimmermehr Erfreuliches,
Trier hält sich wohl in Leipe,

Aber Schwarzburg liegt in Schöna
Aller Hilfe völlig bar.
Wladislaw, nach diesem Schreiben,
Nahet eilig unsrer Stadt
Und mein Feldherr fürchtet raschen,
Unverhofften Überfall.
Doch mein Plan ist längst gefaßt:
Fünfzehntausend Böhmen treffen
Bei uns ein in wenig Tagen,
Zu ihm send' ich dann sie hin.
Nun ist in der Burg der Stadt
Dort ein tief verborg'ner Gang,
Den ich noch von früher kenne,
Eine Stunde leitet er
Unter'm Boden sicher hin,
Mündet dann im Schönawalde,
Wo kein Feind uns noch bewacht.
Dieser Gang ist unsre Rettung,
Doch er wäre unser Sturz,
Kennte ihn der Gegner einer,
Sicher wär' dann Überfall.
Und von ihm soll Schwarzburg wissen,
Alle Böhmen laß er ein
Durch die tief versteckte Pforte
In die Burg und in die Stadt.
Doch ich brauche einen Boten,
Zuverlässig, kühn und treu,
Dem ich diese wicht'ge Sache
Sicher anvertrauen kann.

(Zögernd.)

Und so hab' ich mich entschlossen,
Diesen Jüngling, Hans von Bredow,
Der mir treu und muthig scheint,
Hinzusenden in die Stadt
Zu dem Feldherrn mit dem Briefe
Und den andern Feldzugsplänen,
Die von Wichtigkeit für ihn.
Morgen, wenn die Königin,
Die wir hier zu Gast erwarten,
Glücklich eingetroffen ist,

Mag mit Winrich von Knipprode
Schleunig er die Burg verlassen,
Eh acht Tage noch verflossen
Kann zurück er wieder sein.

(Uffo zieht sich zurück, sobald er merkt, daß der Comthur eine Bewegung macht. Der Comthur steigt von den Stufen herunter, geht auf Orselen zu und läßt seine Hand schwer auf dessen Schulter fallen.)

Comthur (ernst und gewichtig).

Hör' mich, Werner von Orselen,
Ordensmeister, höre mich:
Schicke diesen tollen Knaben
Nicht hinaus mit solcher Botschaft.
Thu' es nicht! leicht nimmt die Jugend
Oftmals heil'ge Schwüre auf.

Orselen.

Ludger, nimm dies Wort zurück!
Gegen einen Ordensritter
Wolltest Mißtrau'n Du erwecken,
Zweifel in des Meisters Brust?
Einer ist dem andern gleich,
Sei's der Jüngste auch an Jahren,
Gleich muß er die Schwüre halten;
Seiner sind auch gleiche Rechte,
Wie der Ältesten im Chor:
Denn der deutsche Ritterorden
Ist kein Spielwerk nur der Zeit,
Stets zu edler That bereit
Ist er groß und frei geworden,
Leuchtet tugendreich erhaben
Über die Alltäglichkeit.
Seine Ehre ist die Ehre
Jedes Ritters aus der Schar,
Fleckos, ungetrübt und klar
Wahr' er sie mit heil'ger Wehre,
Wie er's schwur vor dem Altar!

(Ab.)

Der Vorhang fällt.

V e r w a n d l u n g.

Fünfte Scene.

Eine Waldgegend am Flusse Nogat, eine Stunde vom Ordensschlosse Marienburg entfernt.

Im Hintergrunde sieht man den Fluss durch die Waldbäume schimmern, der Vordergrund ist durch eine breitästige Eiche in zwei Theile getheilt. Links von der Eiche ein großes, rohgezimmertes Zigeunerzelt, in welchem Zigeuner und Gaukler mit Weiber und Kinder lagern und mit Trunk und Würfelspiel beschäftigt sind. Rechts durch das Gebüsch halb verborgen steht Jadwiga in reicher, bunter Zigeunertracht, das Haupt mit einem rothen Tuche verhüllt, das Antlitz gebräunt. Sie lehnt an einem Baume, in finsterem Nachdenken vor sich hinstarrend auf den Waldweg, der sich ihr gegenüber aus den Gebüschen hervorzieht.

Erster Gaukler (den Becher erhebend).

Auf! stoßt an, die Freiheit lebe!

Erster Zigeuner
(aufspringend und in den Vordergrund kommend).

Wollt Ihr wohl von Freiheit reden,
Ihr, die sie noch nie gekannt!
Die Ihr an Erwerb gebannt
Ärmlich ziehet durch das Land.
Einer hängt vom andern ab
Ohne Ruhe bis ans Grab,
Seht auf uns, das nenn' ich frei,
Wie wir leben, wie wir wandern
Frisch von einem Ort zum andern,
Fern dem todten Einerlei,
Alltaglebens, Alltagzwanges,
Jeder ist sein eig'ner Herr,
Wie der Beutel ewig leer
Ist das Herz auch niemals schwer!

Zigeunermutter
(nachdem sich der Lärm ein wenig gelegt hat, halblaut).

Seht doch dort die Fremde an,
Die zu uns sich erst gesellte.
Scheu und düster ist ihr Wesen,
Edel, wie von höh'rem Stand
Scheint sie, ihrer Tracht zum Trotz.
Seht doch, wie sie finster blickt
Auf den Boden unverrückt,
Gleich als berge sie im Herzen
Schweren, unheilvollen Plan.

Erster Gaukler.
Laßt sie geh'n, was kümmert's uns.
Wissen untereinander doch
Wir kaum selbst, woher wir kamen,
Unsre Heimat, unsre Namen
Sind auch uns oft unbekannt.
Als im fernen Weichselland
An des Flusses Strand wir lagen,
Trat sie plötzlich auf uns zu,
Hoch und streng, ein seltsam' Weib,
Mit den tiefen, dunklen Blicken,
Die gleich Pfeilen ein sich drücken
Brennend, forschend in das Herz.
Und sie fordert mitzuzieh'n
Ernst und klar, in kurzen Worten,
Auch zum Pfande gab sie, Mutter,
Wie mich dünkt, ein Goldstück Dir? —
Nun, wir ließen's gern gescheh'n,
Brauchen doch zum künftigen Feste
Für die hohen Königsgäste
Auf Marienburg der Leute
Und der Helfer wir genug.

Erster Zigeuner.
Ei! das wird ein lustig Leben,
Wenn dort oben sich im Flug
Endlich dann die Thore öffnen
Und die lang' verschloss'nen Mauern
Einlaß bieten unserem Fuß!

(Uffo tritt in einem dunklen Mantel gehüllt aus dem Walde, Jadwiga entgegen.)

Uffo.
Herrin, Eurem Rufe folgend,
Steh' gehorsam ich vor Euch.

Jadwiga (erschrocken und auffahrend).
Leise, daß sie nichts bemerken,
Leise sprich, ich warne Dich!

(Mit ihm vorwärts kommend.)

Höre nun auf meine Worte,
Meinen Plan will ich Dir sagen,

Denn es drängen schon die Stunden,
Eilig muß ich Dir verkünden,
Was für Dich bei mir zu thun.
Meine Burg hab' ich verlassen
Und ich kehr' nicht mehr zurück.
Über Wanda von Saronska
Hatt' ich Kunde bald genug,
Geld schafft ja der Freunde viel. —
Und so hört' ich denn von ihr,
Daß sie eitel, falsch und treulos,
Schön und flattersüchtig sei.
Wahrlich, stolz darf dieser Knabe
Sein auf seines Herzens Wahl,
Sie bekundet all das hohe
Fühlen seiner jungen Brust.

Asso.

Herrin, richtet nicht so streng,
O! bedenkt, mit achtzehn Jahren
Wählt das Herz ja selten klug.

Jadwiga.

Kurz, ich lernt' mich seiner Liebe
Freu'n, die mich zuerst erschreckt.
Denn ich hört', daß diese Puppe,
Die des böhm'schen Hofes Krone,
Längst ihr Herz dem Ordensmeister
Schenkte, der dort oft geweilt.
Nichts scheint er davon zu ahnen
Und so will ich sie bewegen,
Daß sie mit den tausend Künsten,
Die ein schwaches Männerherz
Nur zu leicht für sich gewinnen,
Ihn umgarne, hin ihn reiße
Einmal nur zu toller That.
Auf des Menschengeistes Schwächen
Bau' ich meine Pläne auf,
Drum ist mir der Sieg so sicher —
Baut' ich sie auf seine Stärke
Wär' Mißlingen sicher mir!
O, er kann nicht widersteh'n

Dieser Augen süßem Zauber;
Wenn nur einen Augenblick
Er den heil'gen Schwur vergessend
Und vergessend seinen Rang
Sinnlos sich der Liebe weihte,
O! wie wär' ich dann gerächt!
Denn nicht Tod ist jetzt mein Streben,
Tod ist nichts der tapfren Brust,
Aber Schande und Entdeckung
Böser That und Schmach und Fall,
Das sind giftige Dämonen,
Die am stolzen Herzen reißen
Wild, die zur Verzweiflung bringen,
Das ist Rache tausendfach
(Mit starrem Blick.)
Und wenn es auch nicht gelänge,
Dann bleibt noch ein Weg mir offen,
Eifersucht soll durch ihr Wesen
Wanda wecken, Groll und Hassen
Ge'n den Herrn in Johanns Brust,
Böse Geister wild entfesseln,
Wahnsinn, Elend und Verzweiflung,
Und zu finst'ren Thaten führen
Johanns leicht erregtes Herz.

Affo.

Gott der Herr mög' Euch vergeben,
Denkt, o denkt, 's ist Euer Sohn!
Nimmer bin ich für dies Werk.
Laßt mich zieh'n, sucht andre Diener,
O! Ihr findet ja genug.
Laßt mich! Raubet mir nicht grausam
Meiner Seele Ruh' und Frieden!

Jadwiga (auffahrend).

Elender! Du willst mir trotzen?
Plötzlich, schon dem Ziel so nah?
Ha! vergiß nicht was geschah!
(Ihm näher tretend, mit unterdrückter Stimme.)
Denkst Du noch der Abendstunde
Dort in Endorfs stillem Zwinger,

Als von Wein und Wuth erhitzt
Du dem alten Kellermeister
Sinnlos, wild Dein Messer stießest
— Ich nur sah es — in die Brust?
Wie Du mir zu Füßen lagst,
Als im Busch Du mich entdecktest,
Ew'ge Treue dann mir schwurst,
Wenn ich es verschweigen wollte —
Wie Du in den tiefen Brunnen
Rasch den Leichnam dann versenkt.
(Drohend, langsam.)
Wisse, Mord ist nie verjährt,
Gieng ich heut' es zu verkünden,
Könntest Du Dein Ende finden
Blutig dann durch Rad und Schwert!

Affo (verzweifelnd bei Seite.)

Gott, in welches Teufels Hand
Hast Du mein Geschick gegeben!
Ach, mein Muth, er hält nicht stand,
Retten nur muß ich mein Leben.
(Laut, zitternd.)
Nun, es sei, ich will gehorchen!

Jadwiga (rasch).

Gut! so höre, was im Schloß
Oben Du erlauschen kannst
Von des Ordensmeisters Reden,
Von der Ritterschar Gesprächen,
Alles hinterbringe mir.
Auch was Du vom künft'gen Kampf
Hören kannst, muß ich erfahren,
Kurz, verdopple Deinen Eifer.

Affo (der sich wieder gefaßt hat).

Gestern erst, als ich aus Zufall
Morgens in den Remter trat,
Hört' ich ein Gespräch des Ordens-
Meisters mit dem Großcomthur.
Polen, Euer Heimatland,
Rüstet gegen unseren Orden,

Wladislaw mit großen Scharen
Nahet Schöna kampfbereit,
Daß das Hilfsheer nicht dahin kann,
Außer auf verborg'nem Pfad.
Doch der Meister weiß ein Mittel,
Einen tief geheimen Gang,
Der aus Schöna eine Stunde
Bis zum Schönawalde hinzieht,
Dort dann unseren böhm'schen Freunden
Sich'ren Einlaß bieten kann.
Einen Brief mit der Beschreibung
Und mit allen Feldzugsplänen
Soll schon morgen Euer Sohn
Günthern Schwarzburg überbringen.

Jadwiga (auffahrend).

Johann! Er? Wie sagtest Du?
Teufel, schadenfroher Teufel,
Schickst aus Deiner Hölle Grund
Du mir diesen Nachtgedanken
Plötzlich, gleich dem Blitze zu?

(Zu Uffo gewendet.)

Uffo, höre auf mein Wort:
Schaff' mir heut' noch das Format
Und den Abdruck von dem Siegel,
Wie der Meister zu den wicht'gen
Briefen zu verwenden pflegt! —

(Uffo fährt zurück, Jadwiga fährt langsam und mit scharfer Betonung fort.)

Wende alle Deine Kunst,
Deine Schlauheit dazu an,
Die von früher her ich kenne.
Wer so lange dunkle Thaten
Vor den Menschen bergen konnte,
Wird ja wohl auch dies vermögen —
Frisch ans Werk und zög're nicht!

(Uffo ab.)

Schicksal hab' nun Deinen Lauf!

(Sie wendet sich ab.)

Sechste Scene.

Ein heftiges Gewitter ist schon gegen Ende der letzten Scene ausgebrochen. Jadwiga lehnt sich an den Stamm der großen Eiche. Die Zigeuner haben ein Feuer im Zelt geschürt, von dem Sturme angefacht und beobachten das Gewitter.

Erster Zigeuner.

Seht doch, Freunde, welch' ein Sturm!
Ist es doch, als ob die Hölle
Mit dem Himmel wüthend kämpfend
Alle Geister losgelassen
Hätte, die in ihrem Grunde
Schlummern in des Abgrunds Schoß.

Zigeunermutter (steht plötzlich auf und kommt horchend vorwärts).

Stille, sag' ich, hört Ihr nichts?
Klingt nicht durch der Windsbraut Tosen,
Durch des Donners wildes Rollen —
Lauscht nur, noch ein andrer Ton?

Erster Gaukler (lauschend).

Wahrlich, Mutter, Du hast Recht,
Schritte, Rufe kommen näher!
Wer wohl reist bei solchem Sturm?

(Sie ziehen sich ins Zelt zurück. — Pause.)

Dann stürmt von links ein glänzender Zug von Rittern und Knappen in größter Unordnung herein. Sie führen mehrere Sänften in der Mitte, die sie auf den Boden niedersetzen. Die Königin von Böhmen in reicher goldgestickter Tracht aus schwarzem Sammet mit langem Schleier, Wanda von Saronska in glänzender Hoftracht und mehrere Damen erheben sich aus den Sänften. Jadwiga, im Laubwerk verborgen, zuckt beim Anblick der Hofdamen zusammen, zieht dann langsam das Medaillon hervor, welches sie Johann genommen hat und betrachtet es aufmerksam. Die Königin mit ihren Damen steht unschlüssig in der Mitte der Bühne. Die Zigeuner drängen sich im Hintergrunde flüsternd durcheinander.

Der Reisemarschall
(sich mit tiefer Verbeugung der Königin nähernd).

Gott im Himmel, welch Gewitter —
Nimmer, königliche Frau
Ist's bei solchem Sturme möglich,
Eure Reise fortzusetzen
Ohne dringende Gefahr.

Königin.

Laßt uns hier der Ruhe pflegen.
Sprecht, wie fern doch sind wir noch
Von Marienburg, der Veste?

Sucht denn eine sich're Stelle,
Wo wir friedlich warten können.

Wanda (die sich umgesehen hat).

Seht doch dies Zigeunerzelt,
Hoheit, seht, dort wär't Ihr sicher
Wohl vor Regen und vor Sturm.

Königin (zum Reisemarschall).

Sendet einen hin zu fragen,
Ob uns diese braune Schar
Kurzes Obdach bieten mag!

Erster Zigeuner
(der die letzten Worte gehört hat, vortretend und sich vor der Königin zu Boden
werfend).

Glücklich sind des Südens Söhne,
Hohe königliche Frau,
Wenn sie Euch begrüßen dürfen
Und ein Obdach bieten können.
Eine Stunde liegt die Burg
Noch entfernt von dieser Stelle,
Aber so Ihr es gebietet
Send' ich einen Boten hin,
Der dem Meister Kunde gibt
Eilig denn von Eurem Nahen.

Königin.

Wohl es sei, entsendet Boten;
Ihrer Rückkehr will ich harren
Und Euch alle reich belohnen
Für den mir erwies'nen Dienst.

(Die Königin geht mit ihren Damen in das Zelt, wo sie von den Zigeunern, die
sich zur Erde geworfen haben, in tiefster Demuth empfangen wird. Das Gefolge
lagert sich in Gruppen um das Zelt. Jadwiga kommt langsam vor und steht mit
über der Brust verschränkten Armen im Vordergrunde rechts. Die Königin und
Wanda kommen mit den Damen ein wenig vorwärts.)

Königin.

Welch ein farbenprächtig Bild,
Sieh' doch, welch ein fröhlich Leben —
Mich ergötzt dies Abenteuer,
Selt'ner, wundersamer Art.

Wanda (zu den Damen gewendet).

Wollt Ihr nicht, die Zeit zu kürzen,
Gern ob Eures künft'gen Schicksals
Jene Alte dort befragen,
Die beim Feuer einsam träumt.
Las ich doch in einem Buch'
Einst, daß diese braunen Wand'rer
In des Himmels Sternen lesen
Und die Schicksale ergründen. —
Köstlich wär' der Zeitvertreib!

Königin.

Nun, wohlan, Ihr mög't zum Scherz
Alle von der Alten dort
Euer künftig' Schicksal hören.
Kommt zum Feuer dann ins Zelt.

(Sie wenden sich um, gehen in das Zelt, wo die Königin sich niederläßt, während sich nun die Gruppen bilden und große Heiterkeit herrscht, die immer zunimmt. Während der folgenden Scene nimmt das Gewitter nach und nach ab. Während Wanda eben der Königin folgen wollte, tritt Jadwiga ihr entgegen.)

Jadwiga.

Seid Ihr nicht begierig auch,
Edle, wunderholde Dame,
Euer Schicksal zu erfahren?

Wanda (sie erstaunt betrachtend).

Ha! Wer bist Du?

Jadwiga.

Eine Tochter,
Gräfin Wanda von Saronska,
Dieses ruhelosen Stammes,
Eine Tochter ferner Lande,
Die in Menschenherzen besser,
Als in weisen Büchern liest.

Wanda.

Woher weißt Du meinen Namen,
Sprich! Du fremd', Du seltsam' Weib?

Jadwiga.

Fragt Ihr mich? O! sagt' ich nicht,
Daß der Menschen dunkles Schicksal

Offen, leuchtend liegt vor mir.
Wußt' ich doch seit langer Zeit,
Daß zu mir Ihr kommen müßtet.
Euer Schicksal Euch zu künden
Hat mich die Natur bestimmt.
Kommt denn, reicht mir Eure Hand.

Wanda.

Sei's denn! Fühlt zur Thorheit heut'
Doch mein Geist sich aufgelegt.
Sag', Sibylle, mir mein Schicksal,
Aber thu's auf günst'ge Art.

Jadwiga (ihre Hand erfassend, ernst und bedeutungsvoll).

Schöne Dame, spottet nicht,
Laßt mein Auge forschend ruhen
Auf der schimmernd glatten Fläche
Dieser zarten, weichen Hand.
Seht in diesen feinen Linien
Les' ein Wort ich licht und klar:
Liebe! Liebe! Gold'ner Stern,
Der mit seinen süßen Strahlen
Eure Stirn' beglückend küßt.
Nie noch ward Euch Liebe treulos,
Niemals kann sie Euch es sein;
Denn seit Euer Gatte starb,
Warben viele wohl um Euch,
Auch ein junger Edelknabe
Liebt Euch glühend, wild und heiß. —

(Lauernd.)

Soll ich Euch den Namen sagen? —

(Wanda wendet sich unwillig ab. — Jadwiga fortfahrend.)

Ach, ich seh', nicht liebt Ihr ihn,
Aber glaubt doch darum nicht,
Daß ich nicht aus dieser Hand
Lese, daß für Euer Herz
Auch die Stunde schon gekommen,
Da die Lieb' drin aufgewacht.
Les' ich doch in klaren Zügen,
Daß er, den Ihr liebt — nicht ferne,

Daß er einen weißen Mantel
Trägt und drauf ein schimmernd' Kreuz. —

Wanda
(macht eine wilde Bewegung der Leidenschaft und des lebhaftesten Erschreckens, mit halb erstickter Stimme).

Fort, fahr' fort in Deinem Spruch.

Jadwiga (langsam).

Wie ein König, wie ein Herrscher
Schreitet herrlich er einher,
Auf der weiten Erdenrunde
Seht Ihr keinen gleich i h m mehr!
Und — o Himmel! Seht nur, seht!
Zweifellos es vor Euch steht,
Daß auch er Euch wieder liebt!

Wanda (zurückweichend).

Unglückselige, was sagst Du —
O! es ist ein eitler Wahn,
Thorheit nur und Lug und Trug;
Kann und darf ich doch nicht trauen
Solchen Wortes Seligkeit!
Wenn mein wild erzitternd' Herz
Glühend ihm entgegen bebte,
Nur ein wärmer Wort erstrebte,
Wenn um einen Blick von i h m
Alles ich vergessen konnte,
Aller andern heißes Fleh'n,
Blieb er doch der Gleiche stets,
Ohne Haß und ohne Liebe —
Tödtende Gleichgiltigkeit!

(Mit immer wachsender Leidenschaft.)

Und es sollte möglich sein,
I h n, den unbewegten Stolzen
Mir zu Füßen doch zu seh'n;
Dieses Herz, es sollte schlagen
Rascher unter meinem Blick,
Dieser Mund, er sollte klagen,
Flehen um der Liebe Glück! —
Wenn es wäre! —

Jadwiga (die sie mit glühenden Blicken betrachtet hat, für sich).

Noch ein Opfer! —
Rachegöttin, steh' mir bei!
(Zu Wanda.)
Edle Frau, Ihr traut mir nicht?
Wenn Ihr meiner hohen Kunst
Denn nicht Glauben schenken wollt,
Seht auf dies und zweifelt nicht!

(Sie zieht das Medaillon hervor, das sie Johann weggenommen hat und hält es ihr entgegen.)

Wanda (im heftigen Schrecken).

Guter Gott, es ist mein Bild,
Das so lang ich schon vermißte.
Sprich, wie kam's in Deine Hand?

Jadwiga.

Hier im Rogatwalde fand ich's;
Werner von Orselen war's,
Der es träumend hier verlor.

Wanda (das Bild nehmend).

Ha! ist's möglich? Und ich glaubte,
Jener toll vermess'ne Knabe,
Hans von Bredow, hätt' es mir
Einst bei Spiel und Tanz entwendet!
Ach! noch faßt mein Herz es nicht.

Jadwiga.

War ja doch Orselen jüngst
Zu Besuch bei Eurem König,
Damals hat er's Euch entrissen,
Jeder Zweifel ist gelöst.

Wanda (heftig).

Neu belebt fühl' ich mein Wesen,
O! er soll nicht länger trotzen
Heuchlerisch der Liebe Ruf! —
Wo kann ich Dich wiederseh'n?

Jadwiga.

In der Burg zu jeder Stunde,
Meine Schar zieht hin zum Fest.

Wanda (indem sie ihr Gold gibt).

Hier Dein Lohn, bald wird Dir mehr,
Wenn Dein Spruch sich erst bewährte.

Jadwiga (bedeutungsvoll).

Von Euch hängt allein es ab.

(Sie zieht sich in den Hintergrund zurück, — schleudert, sobald Wanda sie nicht mehr sehen kann, die Goldstücke mit einer Geberde des Abscheues von sich. Dann zieht sie sich noch tiefer ins Laubwerk zurück, beobachtet von dort, halb dem Publicum sichtbar, die ganze folgende Scene. Im Zelt und bei den herumlagernden Gruppen ist es sehr lebhaft geworden; rosiger Abendschein verklärt die Bühne. Wanda hat ihren Platz nächst der Königin eingenommen. Von rechts erscheint der Bote, welcher entsendet worden, geht auf die Königin zu und wirft sich ihr zu Füßen.)

Bote.

Werner von Orselen naht,
Ehrfurchtsvoll Euch zu empfangen,
Ruhmesreiche Königin!
Schon bereit, Euch zu begrüßen,
An dem Nogat fand ich ihm.

(Es ertönt aus der Ferne von rechts ein Trompetenstoß. Die Königin, von ihren Damen und Rittern umgeben, tritt in den Vordergrund links. Die Zigeuner bilden im Zelte eine Gruppe und knieen alle nieder, sobald der Hochmeister erscheint.)

Siebente Scene.

Der Zug. Voran zwei Herolde mit dem Banner des Hochmeisters, der wappengekrönte Bär, die Farben hellgelb und lichtblau, dann sechs Edelknaben, in die Farben des Hochmeisters, gelb und blau, reich gekleidet, die zwei vordersten auf reichen Kissen die Schlüssel der Marienburg tragend. Sie beugen das Knie vor der Königin und stellen sich dann im Hintergrunde auf. Der Hochmeister, Kleidung aus schwarzem Sammt, reich mit Hermelin verbrämt, langer weißer Mantel, darauf das große silberumrandete schwarze achteckige Kreuz. Fürstenhut von schwarzem Sammt mit Hermelin und langer weißer Feder. Um den Hals das diamantene Kreuz. Hinter ihm der Großcomthur, der Ordenstressler, der Ordensspittler, der Ordensdrapierer und die übrigen Gebietiger. Alle im langen wallenden weißen Gewand mit dem schwarzen Kreuz, entblößten Hauptes, wie die übrigen nun folgenden Ritter in reicher Ordenstracht, unter den Vordersten Winrich von Knipprode und Johann von Endorf. Der Hochmeister geht auf die Königin mit edlem Anstand zu, entblößt das Haupt und beugt vor ihr das Knie, während sie ihm die Hand zum Kusse reicht.

Orselen.

Darf ich Euch willkommen heißen
Denn, in unsern deutschen Gauen,
Hocherhab'ne Königin!
Nehmt die Schlüssel hier entgegen
Unsrer Thore, hohe Frau,
Mög't Gefallen hier Ihr finden,
Lang und gerne auch verweilen
In dem hohen, Gott geweihten
Ordensschloß Marienburg!

Königin.
Seid auch herzlich mir willkommen,
Edler Ordensmeister, Ihr —
Grüße bring' ich Euch des Königs,
Freundesgrüße, treu und herzlich.
(Etwas leiser.)
Unser Hilfsheer sandte gestern
Er nach Schöna eilig ab.

(Während Orselen mit der Königin leise und angelegentlich spricht, erblickt Bredow plötzlich Wanda, er zuckt heftig zusammen und stürzt sinnlos aus der Reihe auf sie zu.)

Johann.
Mächt'ger Gott, ich bin verloren!

Winrich (ihn erschreckt zurückhaltend).
Bredow, halt! Was faßt Dich an!

(Er reißt ihn gewaltig zurück. Der Hochmeister wendet sich um, um der Königin die Hand zu bieten, sein Blick fällt dabei auf den Jüngling, der noch immer fassungslos dasteht; er betrachtet ihn einen Augenblick erstaunt und forschend. Dann bietet er der Königin die Hand, der glänzende Zug setzt sich unter den Hochrufen des Volkes:

Heil der Königin von Böhmen!

in Bewegung. Jadwiga, welche während der ganzen Scene den Hochmeister mit glühenden Blicken betrachtet hat, sinkt halb ohnmächtig im Gebüsch zusammen.)

Der Vorhang fällt.

Dritter Act.

Erste Scene.

(Eine Art Studierzimmer des Hochmeisters durch einen aus Säulen gebildeten Eingang, vor welchem zurückgeschlagene Purpurvorhänge sind, mit einem Festsaal verbunden, den man vom Zuschauerraum überblicken kann. Links im Vordergrunde ein mit Pergamenten belegter Tisch, dazu Sitze. Zu beiden Seiten Eingänge. Zeit abends. Erster Auftritt. Wanda von Saronska im reichsten Festschmuck kommt aus dem Saale und tritt langsam in den Vordergrund, den Blick auf ein kleines Pergamentblatt geheftet, welches sie in der Hand hält.

Wanda.

Nein! kein Wahn sind diese Worte,
Voll von Lieb' und Leidenschaft, —
Nein! Du hast mich nicht betrogen
Und Dein Spruch war nicht erlogen,
Finstere Zigeunerin!
Glauben, fassen konnt' ich nicht,
Daß sein Herz mir zugewendet,
Doch mein Zweifel hat geendet
Und ich weiß, daß er mich liebt!
Dieses Blatt, das heut' am Morgen,
Ich vor meiner Thür' gefunden,
Diese heißen Liebesworte
Ohne jede Unterschrift
Künden alles, füllen auch
Drum mein Herz mit stolzer Freude,
Les' ich doch aus jedem Worte,
Klar und hell', daß er mich liebt!
Nie war mir ein Sieg so müh'voll,
Noch und nie auch so ersehnt.
Ach, Du sollst mein Eigen sein,
Ganz mit jedem Athemzuge,
Alle fremden Geister seien
Rasch im windesschnellen Fluge
Fortgebannt aus Deiner Brust.

(Sie versinkt in tiefes Nachdenken. Die Thüre rechts öffnet sich Bredow tritt ungestüm herein, zuerst ohne Wanda zu sehen. Beim Schalle seiner Tritte, wendet sich Wanda, das Blatt verbergend, rasch um. Bredow erhebt den Blick, prallt zurück und will mit hastigem Gruße sich entfernen, besinnt sich dann wieder und bleibt unentschlossen vor ihr stehen. Wanda betrachtet ihn mit spöttischer Miene. Nach einer Pause.)

Wanda (mit leiser Ironie).

Gott zum Gruß ehrwürd'ger Bruder,
Ei, fürwahr, mich aufzusuchen,
Nenn' ich freundschaftlich von Euch.
Hab' ich gestern beim Empfang
Euch zu grüßen doch vergessen,
Da ich kaum Euch wiederkannte
In der neuen, heil'gen Tracht!

(Gebieterisch).

Redet sag' ich!

Johann (verzweiflungsvoll bei Seite).

Nimmermehr!

(Laut mit erzwungener Fassung.)

Gräfin Wanda von Saronska,
Einen unglückseel'gen Pilger,
Ruhelos, seht Ihr vor Euch.
Auf zur Sonne gieng mein Weg,
Glaubt' ich — ach — doch um mich ist
Tiefe dunkle Nacht geworden;
Ein Geheimnis, schwer und schrecklich,
Ruht in meiner wunden Brust,
Fragt mich nicht! O fragt mich nicht.

Wanda (spottend).

Ihr mich lieben? Eitler Wahn!
So beweist sich treue Liebe?
Gestern schwurt Ihr glühend mir,
Heut' dem Kreuz und Ordenszeichen!
Geht denn hin, Herr Mantelträger,
Singt getreulich Eure Hora,
Betet und gehabt Euch wohl!

(Sie wendet sich zum Abgehen.)

Johann
(stürzt auf sie zu wie wahnsinnig und führt sie an der Hand zurück).

Wanda, nein! Ich laß Euch nicht,
Seh' ich hin auf Eure Züge
Kehrt die alte Zeit zurück.
Alles dünkt mir Wahn und Lüge
Was gleich einem dunklen Schleier

Zwischen heut' und damals liegt!
Wüßtet Ihr, wie ich Euch liebe! —
(Wild ausbrechend.)
Ach, ich weiß, Ihr seid verloren
Mir für alle Ewigkeit,
Aber auch kein and'rer soll
Jemals, Wanda, Euch besitzen,
Lieb' in Eurem Blicke lesen,
Glücklich, selig sein durch Euch!
Zittert, Wanda, wagt es nicht,
Meiner Seele Glut verspottend,
Einem andern zuzuwenden
Was ich mein nicht nennen kann!
Denn ich tödte ihn und Euch,
Mich in rasender Verzweiflung,
Sollte einmal ich Euch finden
So, drum hütet, hütet Euch!!

Wanda.

Wahnsinn nenn' ich diese Worte!
(Sie faßt seinen Mantel und hält ihm das Kreuz darauf entgegen.)
Denkt an dies und laßt mich geh'n!
(Johann zuckt wie vom Blitz getroffen zusammen, reißt sie in sinnloser Leidenschaft zu sich und raubt ihr einen Kuß.)

Johann.

Nein, ich kann nicht von Euch lassen,
Stürzen rächend auch, verderbend,
Erd' und Himmel über mich! —

Wanda (stößt ihn empört zurück).

Ha! Vermess'ner, welch Beginnen!
(Er steht ihr gegenüber mit finsterem Blick.)

Zweite Scene.

(Der Hochmeister tritt von links ein und bleibt beim Anblick der beiden erstaunt stehen. Wanda, die sich rasch wieder gefaßt hat, geht ruhig auf ihn zu).

Wanda.

Seid willkommen, edler Fürst.
(Sich halb umwendend zu Bredow fremd.)
Euch, Herr Ritter meinen Dank,
Für die freundliche Erklärung,

In den Gängen find' ich selber
Sicher mich nun wohl zurecht.

(Johann macht noch halb betäubt eine tiefe Verbeugung und eilt schnell hinaus. Der Hochmeister sieht dem Davoneilenden mit zweifelhaftem Blicke nach. Wanda läßt sich leicht und graziös in einen Lehnstuhl nieder und beginnt gleichgiltig mit ihrem Fächer zu spielen. Nach einer Pause kommt Orselen vorwärts und bleibt ihr gegenüber stehen, die Hand leicht an die Lehne eines Sessels gestützt, das Auge forschend auf sie gerichtet.)

Orselen.

Könntet Ihr wohl dies Benehmen,
Edle Gräfin, mir erklären?
Sprecht, was faßte diesen scheuen
Jüngling vorhin plötzlich an?
Fürchtet er des Meisters Auge,
Oder hat ihn Eure Nähe,
Schöne Dame, so verwirrt?

Wanda (mit leichter Anmuth, etwas spöttisch).

Fragt Ihr mich um Eure Ritter,
Fürst! Ei! kann denn ich dafür,
Daß sie schreckhaft sich geberden,
Fast als sehen sie Gespenster,
Wenn ein friedlich Menschenkind
Arglos sie um Auskunft anspricht,
Wie ich vorhin es gethan.
Meinen Weg hatt' ich verloren,
Kam durch Zufall nur hieher,
Wo ich diesen Ritter fand;
Und ich bat ihn freundlich, mir
Den gesuchten Gang zu zeigen,
Der zu unsrer Wohnung führt.
Aber wie vom Blitz getroffen,
Wich er ängstlich, scheu zurück,
Stammelte verworr'ne Reden,
In Verlegenheit und Schrecken,
Bis Ihr kam't und lief hinweg;
Wollt Ihr mich zur Rede stellen —
Ihr seid selbst doch Schuld daran.

Orselen.

Ich! Ihr treibt wohl Scherz mit mir?

Wanda.

Weiß man doch im ganzen Land,
Daß Ihr Eure frommen Söhne
Fast in Eisenketten schlägt,
Mit erbarmungsloser Strenge,
Daß sie jährlich kaum ein fremdes,
Nie ein Frauenantlitz seh'n.

(Spöttisch lächelnd.)

Schwach wohl, dünkt mich, muß sie sein,
Dieser Helden Willensstärke,
Daß Ihr die Versuchung also
Aus dem Wege räumen müßt.
Drum wohl miss' ich hier das frohe
Leben einer Ritterburg.
Todt und traurig ist es rings,
Und wie abgehärmte Büßer
Schleichen jammervoll Gestalten,
Drum der weiße Mantel schlottert
Mit dem Kreuze wie ein Sargtuch
Durch die Gänge, geisterbleich.

Orselen (lächelnd).

Eure Rede nimmt mich Wunder,
Schöne Gräfin, seid Ihr doch
Seit ich denken kann, die Erste,
Die an meinen wilden Rittern
Friedlich, fromm gesittet Wesen
Und Bescheidenheit entdeckt.
Doch ich denke, dieses Fest,
Das wir heute feiern sollen,
Wird Euch eines Beſſ'ren lehren,
Eines Schlimmeren vielmehr,
Wenn Ihr einen Oldenburg,
Einen Oppen, einen Meißen
Saht, wird, fürcht' ich, Eure Meinung
Nur zu bald geändert sein.

(Bredow erscheint rückwärts und bleibt an einer Säule verborgen steh'n, das Paar beobachtend; der Hochmeister ist an den Sessel Wandas herangetreten und neigt sich während des folgenden Gespräches leicht über sie.)

Wanda (den Blick kokett aufschlagend).

Glaubt Ihr?

Orsesen.

Ich bezweifl' es nicht;
Drum vergebt mir holde Dame,
Wenn an Euch ein Wort ich wage,
Warnend, bittend auch zugleich.
(Etwas leiser.)
Was Ihr vorhin ausgesprochen,
Von der Ritter schwachem Sinne,
Der der Pflichten wenig denkt
Und stets der Versuchung leicht
Unterliegt, ach! es ist Wahrheit!
Und ich scheu' drum alle Feste,
Die der züggellosen Bande
Streng gezog'ne Schranken lockern,
Zwist und Strafe stets erneu'n.
(Ihre Hand fassend, halb im Scherz, doch mit Betonung.)
Ihr seid schön und liebenswert
Wie ein junger Maienmorgen,
Heiß und stürmisch fließt das Blut,
Leicht erregt in diesen Herzen,
Und sie schlagen nur zu schnell
Rascher, wenn ein Aug' gleich Eurem,
Glück verheißend, mild sie grüßt.
O, Ihr wißt es, was ich meine,
Ihr versteht mich, holde Frau,
Wappnet Euch mit eis'ger Strenge,
Besser ist es, als mit Milde,
Denn ich selbst, ob auch ihr Meister,
Muß es offen Euch gestehen,
Schwer und müh'voll zu beherrschen
Ist sie, diese wilde Schar.

Wanda (sich erhebend mit Triumph, bei Seite).

Eifersucht! so breitest Du
Schon um ihn die dunklen Schwingen.
(Laut.)
Dank für Eure Warnung, Fürst,
Glaubt's ich wahre sie im Herzen
Und Ihr sollt nicht Grund zum Vorwurf
Finden, ich versprech' es Euch.
Doch ich denk' die Stunde naht,

Wo die hohe Königin
Meiner wohl bedürfen mag —
Bis zum Fest auf Wiederseh'n.

(Sie verneigt sich gegen ihn, der Hochmeister geleitet sie zur Thüre, wo er ihr die Hand küßt und mit einer Verbeugung sich verabschiedet. Bredow verschwindet aus dem Saale Der Hochmeister kommt langsam vor.)

Orselen.

Wohl' so hätt' ich sie entwaffnet,
Diese schillernd schöne Schlange
Mit den frommen Taubenaugen
Und dem falschen, nied'ren Sinn.

(Er setzt sich nieder und stützt den Kopf in die Hand.)

Seltsam, daß aus meinem Geist'
Nicht der Anblick schwinden will.
Wie ich vorhin sie gefunden,
Beide schreckvoll und verwirrt. —
Wär' er wirklich wie die andern?
Nein! des Herzens heil'ge Stimme,
Die bei seinem Anblick rief,
Schütz' ihn, trau' ihm, er ist edel,
Hoffnungsvoll, wie Du's einst warst,
Kann nicht lügen, kann nicht trügen,
Weicht von mir, ihr finst'ren Zweifel,
Frommer Glaube, kehre wieder
Ein in diese müde Brust. —

(Sich erhebend, sehr bewegt.)

Laß mich nicht zuschanden werden,
Güt'ger Gott, an diesem Knaben!
Laß mich nicht den letzten Glauben
An die Menschheit noch begraben,
Wie ich Liebe, Frieden, Hoffen
Und so vieles schon begrub! —

Dritte Scene.

Orselen. Großcomthur (tritt auf). Uffo folgt ihm und versteckt sich unbemerkt hinter einer Säule.

Orselen.

Ludger, Du kommst just zurecht.
Endlich, muß ich mich bequemen,
Meine Botschaft abzusenden,
Und noch heute soll's gescheh'n.

(Er zieht aus seinem Wamse ein Pergamentpaket ohne Überschrift mit Schnüren
verbunden, an welchem das Ordenssiegel hängt und legt es sodann auf den Tisch.)

Ludger sieh', hier ist der Brief,
Er beschreibt genau den Gang,
Wie von innen und von außen
Man dazu gelangen kann;
Auch die fernern Feldzugspläne
Schloß für Schwarzburg all ich bei;
Wenn das Schreiben glücklich dort ist,
Bin von einer großen Sorge,
Ich gesteh' es, erst befreit.

Comthur.

Werner, hast Du's überlegt?
Bist Du immer noch entschlossen,
Diesen Bredow hinzusenden
Mit dem inhaltsschweren Brief?

Orselen.

Mehr denn je, denn wisse, Comthur,
Wenig freut's mich, diesen Jüngling
Mit dem Sinn' noch, pflichtgetreu
In der Feste wildem Toben,
In der ausgelass'nen Freunde
Ungezähmtem Schwarm zu wissen.
Und ich wünsch' ihn zu entfernen
Bis die Königin hinweg,
Daß er nicht durch schlimmes Beispiel
Lerne, toll, wie seine Brüder,
Ohne Maß, wie sie zu sein.

Comthur (bitter).

Ja, Du liebst ihn, diesen Knaben,
Seit dem ersten Augenblicke,
Drum bist Du so fürsorglich — —

Orselen (ungeduldig).

Nun genug der leeren Worte!
Ludger, geh' und such ihn auf.
(Uffo verschwindet.)
Sag' auch Winrich von Knipprode,
Daß er sich zur Reise rüste,

Um noch heute aufzubrechen
Und mit Bredow fortzuzieh'n.

(Comthur ab nach links. Kaum hat sich die Thüre geschlossen, kommt der Ordenstreßler verwirrt und athemlos hereingestürzt. Orselen bleibt erstaunt stehen.)

Tresler.

Edler Meister. O verzeih',
Daß ich unverhofft Dich störe,
Doch im größten Ärger bin ich,
In Verzweiflung, was zu thun.
Eben wollten wir den Wein
Des Comthurs zur Tafel tragen —
Wie wir in die Kammer treten,
Ist darinnen nichts zu seh'n,
Alle Fässer sind verschwunden
Bis auf eins mit saurem Trank.

Orselen.

Ha! ein neuer Schelmenstreich,
Ohne Zweifel, von den Rittern!
Wo sind Oldenburg und Weizau!
Oppen, Meißen — —

Tresler.

All' im Saal
Und betragen sich so gut,
Wie noch nie in ihrem Leben.

Orselen.

Oldenburg und gut betragen?
Das bedeutet Schlimmes nur;
Folg' mir, ich will selber seh'n!

(Er geht mit dem Tresler durch die Mitte ab, das Paket auf dem Tische liegen lassend. Kaum ist er fort, erscheinen Uffo und eine Maske im Hintergrunde. Uffo weist stumm mit der Hand auf den Tisch und bleibt rückwärts stehen. Jadwiga, dies ist die Maske, nähert sich eilig dem Tisch, nimmt aus ihrem Mantel ein ganz gleiches Paket hervor und vertauscht es mit dem auf dem Tische liegenden, welches sie zu sich steckt.)

Jadwiga (vortretend mit wildem Triumph).

Freu' Dich, nah' bist Du dem Ziel,
Nah' Jadwiga, nun dem Ende,
Deine Heimat darfst Du retten
Vor des Feindes Sklavenketten,
All Dein Elend darfst Du rächen,

Des Verhaßten Herz nun brechen:
Polen siegt! Orselen fällt! (Beide schnell ab.)

(Johann von rechts, erhitzt und verwirrt, tritt haftig ein, erstaunt, da er das Zimmer
leer findet.)

Niemand hier? Er sagte doch —
Oder bin ich so verwirrt —
Zu dem Meister sollt' ich kommen,
Er bedürfe eilig meiner,
Um mich fort, mich wegzusenden,
Meint der Comthur — hört' ich recht?
Fort mich senden — Ha! Orselen!
Aus dem Weg' willst Du mich räumen,
Plötzlich, daß ich Deiner Liebe
Nicht im Wege stehen soll,
Wanda, sie — die treulos falsche,
Wie sie süß ihm lächeln konnte!
Ew'ger Gott, bin ich ein Thor!
Weil sie freundlich zu ihm sprach,
Weil ihr Blick in seinem ruhte,
Braucht sie ihn ja nicht zu lieben —
Wahnsinn nur ist meine Furcht!
Er, er liebt sie; o, wer könnte
Nur an ihr vorüber geh'n
Und sich nicht durch ihren Zauber
Ewiglich gefesselt seh'n!
Aber sein verruchter Plan,
Falsch und still mich zu entfernen,
Freu' nicht ganz sich des Erfolg's,
Heute noch muß ich sie seh'n,
Aug' in Aug' soll sie mir's sagen,
Daß sein Lieben und sein Sehnen
Stets erfolglos bleiben wird!

(Der Hochmeister und der Treßler kommen aus dem Saal und bleiben beim Eingange stehen.)

Orselen.

Nimm den Wein aus meinem Keller
Bis die Schuld'gen ich gefunden,
Streng' verdopple für die Nacht,
Treßler, Aufsicht und Bewachung!

(Er läßt ihn und kommt vorwärts, Bredow beugt stumm mit finsterm Blick das Knie.)

Orselen (ihn erblickend).

Hans von Bredow, ei, schon hier?
Sieh', ich halte mein Versprechen
Und Gelegenheit zum Ruhme,
Wie zur Ehre gib ich Dir.
(Er überreicht ihm das Paket.)
Sieh', hier dieses Pergament,
Hin nach Schöna sollst Du's bringen
Meinem Feldherrn, Günther Schwarzburg,
Wahr' es mit der größten Sorgfalt,
Denn dran hängt des Ordens Heil.
Wenn Du's Schwarzburg übergeben,
Brich sogleich auch wieder auf,
Eh die Polen noch sich lagern
Um die schwer bedrängte Stadt;
Winrich wird Dich hinbegleiten —
Heute Nacht noch brichst Du auf!

Johann (zusammenfahrend).

Heute Nacht noch soll ich geh'n? —

Orselen (mit Betonung).

Heute Nacht! Und nun, leb wohl!
(Er wendet sich zum Ausgang, kehrt sich besinnend um, mit tiefem Ernst.)
Hans von Bredow! — Viele Neider
Schafft der Auftrag Dir im Orden,
Trachte, das mich niemals reue,
Daß ich heute Dir vertraut. (Er geht rasch ab.)

Johann (vortretend, leidenschaftlich).

Heute noch! So kann ich nicht
Sie mehr sprechen, noch befragen,
So muß ich die Zweifel tragen
Auf der ganzen langen Reise.
Meinen Weg will ich beschleun'gen,
Um zurück zu sein in Eile,
Schütze sie indes, o Himmel!

(Der Vorhang fällt.)

Vierter Act.

Erste Scene.

(Vierzehn Tage später.) Ein Zimmer in Marienburg.

Ein mittelgroßes hohes düsteres Gemach mit dunkler Täfelung und Bogenfenstern. Rechts ein Tisch, bedeckt mit Schreibzeug und Documenten, von hochlehnigen Stühlen umgeben. Die Einrichtung einfach, im Hintergrunde zwischen den zwei Ausgängen ein Betstuhl, darauf eine Bibel, darüber an der Wand ein Marienbild. An den Wänden verschiedene Waffen. Rechts und links Thüren. — Der Ordenstreßler und der Großcomthur.

Treßler.

So befahl er Dir, zu warten,
Bis die Botschaft er gelesen?

Comthur.

Ja, und soll ich Dir's gesteh'n,
Selber zittert schon mein Herz
Nach der lang ersehnten Nachricht,
Die uns Schwarzburg endlich schickt.
Vor vier Tagen kehrten beide
Abgesandte schon zurück —
Bredow bleich, mit hohlen Wangen,
Eine Wund' im linken Arm
Denn sie sagten, daß von einer
Kleinen Truppe flücht'ger Polen
Sie beunruhigt worden seien,
Daß ein Schwert den Arm ihm streifte,
Als sie durch die Schar sich schlugen;
Doch der Brief soll glücklich in den
Händen Günther Schwarzburgs sein. —
Längst wohl liegen nun die Polen
Vor der Stadt und unsre Böhmen
Kämpfen vor den Festungsmauern;
Ach! wer weiß, ob nicht schon jetzt
Eine blut'ge Schlacht geschlagen
Worden ist, auf Schönas Plan!
Still, der Meister!

Zweite Scene.

Orselen im schwarzen Sammet, mit langem weißen Mantel ohne Kopfbedeckung, tritt herein bleich und verstört, ein Pergament in der Hand. Er geht wankenden Schrittes auf den Comthur zu und gibt ihm das Pergament in die Hand.

Orselen (mit tiefer klangloser Stimme).

Lies!

Comthur (über diesen Anblick zurückfahrend).

Was ist Dir, Werner?

Orselen (mit erhobener Stimme).

Lies!

(Er wendet sich ab, die Arme über die Brust verschränkt und starrt regungslos zu Boden. Der Comthur wirft einen flüchtigen Blick auf das Blatt, dann stürzt er vorwärts und liest in athemloser Hast.)

Comthur (liest).

„Edler Fürst, in wilder Eile
Schreib' ich diese flücht'gen Zeilen,
Ob mein treuer Bote jemals
Auch zu Dir gelangen wird,
Um sie Dir zu überreichen,
Weiß ich nicht, Gott steh' ihm bei!
Fassungslos vor Schmerz und Schrecken
Bin ich und von tiefem Groll.
Das Paket, so Du mir sandtest,
Es enthielt die heißersehnte
Nachricht, wie ich hoffte, nicht!
Nichts als unbeschrieb'ne Blätter
Fand ich unter Deinem Siegel —
Starr vor Schrecken stand ich da!
Zweifellos muß, Herr, Dein Bote
Ein Verräther, treulos sein,
So nur kann ich mir's erklären,
Was den jähen Überfall
Hergeführt des Polenkönigs. —
Gestern um die Mittagszeit,
Als wir all' des Böhmenheeres
Harrten, das Du zur Verstärkung
Uns versprochen, tönte plötzlich,
G'rad im Mittelpunkt der Stadt,
In der Burg ein wildes Lärmen,

Waffenklirren, Hilferufe,
Alle Pforten flogen auf,
Krieger mit entblößten Schwertern,
Böhmen, Polen, durcheinander
Stürmten rasend durch die Straßen!
Polen, mordend, Häuser plündernd; —
Unser überfall'nes Heer
Kämpft mit wahrem Löwenmuthe,
Doch der Übermacht erliegend,
Wichen endlich wir zurück.
Unser Elend, Herr, ist groß,
Mühsam in dem letzten Thurme
Mit den Freunden halt ich mich;
Alle Böhmen sind zerstreut,
Todt, gefangen von den Feinden —
Schick' mir eilig tücht'ge Hilfe,
Willst Du nicht, daß Schöna fällt!"

Günther Schwarzburg.

(Der Tressler geht mit einer Geberde der Verzweiflung ab. Der Comthur läßt das Blatt mit tiefen Entsetzen sinken.)

Comthur.

Mächt'ger Himmel!
Gib, daß dies ein böser Wahn,
Nur ein Fieberträumen sei.

Orselen

(wendet sich plötzlich um, geht mit schweren Schritten auf ihn zu, indem er ihm die Hand auf die Schulter legt.)

Nein, Comthur, kein Fiebertraum,
Sieh', es ist nur eine Lehre,
Die das Schicksal heut' mir gibt.
O! Ich schien mir klug ja doch,
Strenge, weise und erfahren
Und doch war ich es zu wenig —

(Mit tiefer Bitterkeit.)

Schwer wohl büß' ich das Verschulden,
Einmal menschlich noch gefühlt,
Einmal noch vertraut zu haben!

(Nach einer Pause.)

Ruf' mir Winrich von Knipprode!

(Der Comthur geht ab mit einem scheuen Blicke auf den Hochmeister.)

Dritte Scene.

Orselen
(allein; er kommt langsam vorwärts mit gesenkten Blick).

Damals, als im ersten Jahre
Meiner Wahl, in den Gefahren
Papst und Kaiser mich betrogen,
Als mir Riga Treue log —
Seltsam, damals konnt' ich lachen,
Eitle Menschheit über Dich!
Waren's doch ergraute Männer,
Hart gestählt im Kampf des Daseins,
Oft bezwungen, oft gebrochen
Durch das Wort: Nothwendigkeit!
Aber heut! Allmächt'ger Gott!
Warum ließest Du mich leben,
Diese Stunde noch zu seh'n? —
Schönes, heiliges Vertrau'n,
Holder Segenengel Gottes,
Sei verbannt denn aus der Brust;
So bist Du auch schon entweiht,
Jugend, reine Himmelsblüte,
Drin noch einst ein Funke glühte,
Von des Schöpfers Hand entfacht!
Und in diesem Jüngling, ach!
Träumt ich mir so viel, so viel!
Bitter weh' thut's meinem Herzen! —
Zu ihm wollt den müden Blick,
Wie zum Sonnenlicht ich heben.
Einmal nur in meinem Leben
Fleht' ich um ein reines Glück,
Und es ward mir nicht gegeben!
Tückisch, falsch bist Du, Natur,
Die Du eine Lüge schufst,
Die Du auf ein Menschen=Antlitz,
Zart und knospend in der Jugend
Erstem, zauberischem Prangen
Hohes, heiliges Verlangen
Aufdrückst, göttliches Gefühl!
Und in dieser reinen Schale

Birgst Du solchen gift'gen Kern!
Lüge, Lüge ist denn alles,
Lüg' ist Handschlag, Lüg' ist Ehre, —
Letzter Glaube, fahre hin!
(Er setzt sich nieder und stützt den Kopf in die Hände.)

Vierte Scene.

Winrich von Knipprode stürzt herein bleich und verwirrt, gefolgt von dem Comthur.

Winrich (auf Orselen zueilend in wilder Aufregung).

Edler Meister, sprecht! O sprecht!
Ist es wahr, was aus dem Munde
Jenes Boten erst ich hörte,
Was sich eilig wie ein Feuer,
Durch das ganze Schloss verbreitet,
Schöna, es sei eingenommen,
Günther Schwarzburg überfallen,
Eingeschlossen in die Festung!
Und das ganze sei geschehen
Einzig durch — —

Orselen (erhebt sich langsam).

Durch Hochverrath!

(Winrich heftet seinen Blick auf das Gesicht des Meisters, welches bleich, undurchdringlich und düster ist.)

Orselen (nach einer Pause).

Macht's Dich schaudern, dieses Wort?
Jüngling, mich auch zwang's zu beben,
Wie in meinem ganzen Leben
Ich, bei Gott, noch nie gebebt! —
(Er fasst plötzlich Winrichs Hand in tiefer Bewegung.)
Winrich! einst im blut'gen Kampf
Hast gerettet Du mein Leben,
Freudig hättest Du gegeben
Dein's für mich, ich weiß es wohl!
Hundertmal vertraut' ich Dir,
Und Du hast mich nie betrogen,
Heut' auch wirst Du nicht belügen
Deinen Meister, Herrn und Freund!
O! Du weißt's, ich seh' in Dir,

Ja des Ordens künft'gen Führer,
Seinen Schützer und Berather,
Wenn ich einstmals nicht mehr bin;
Sieh mich an mit Deinem Blick,
Frei und sonnig wie der Morgen,
Zeige mir, er ist nicht schuldig,
Und ich glaub' es, ach! wie gern!

Winrich (leidenschaftlich).

Herr! erstarrt steh' ich vor Euch,
Und ich weiß nicht, was zu sagen,
Es verwirren sich die Sinne
Mir; zeih't Ihr ihn solcher That! —
Ist er schuldig, dann o Fürst!
Zweifelt auch an Euch und mir,
Zweifelt dann an allen ringsum,
Zweifelt dann am Schöpfer selber,
Der das Menschenherz erschuf!
Löwenmuthig durch die Feinde
Schlug er sich, und legte sicher
Jenen Brief in Schwarzburgs Hände,
Denn ich selber stand dabei.
Wenn es wahr ist, wenn er ihn
Wirklich, wie ihr meint, vertauschte,
Muß es hier geschehen sein,
Denn von unsrem Aufbruch an
Hab ich niemals ihn verlassen,
Und ich glaub es nimmermehr!

Orselen.

Glücklicher, der Du noch zweifeln
Kannst! Ach! ich vermag's nicht mehr.

(Kalt und finster.)

Niemand wußte um den Brief,
Als der Großcomthur und er,
Außer mir. In seine Hände
Legte ich das echte Schreiben
Und ein falsches gab er ab!

(Mit verzweiflungsvoller Bitterkeit.)

Wär' es nicht so hell, so klar,
Glaubst Du denn, ich wollt ihn zeihen

Solchen Frevels, güt'ger Gott;
O! Du weißt, was er mir war,
Ach! mir selber schien's ein Räthsel,
Was zu ihm mich also zog;
Hätt' ich einen solchen Auftrag,
Winrich, sonst ihm anvertraut?
Sieh', ich wollte viel ertragen;
Doch dass er, der wie ein Stern,
Plötzlich an dem Wolkenhimmel
Meines Daseins sich gezeigt,
Mich betrog! und so betrog,
Dieser Schlag, er wirft mich nieder,
Und verlorenes Vertrauen
Kehrt dem Herzen niemals wieder!

(Er verhüllt sein Haupt. — Pause.)

Comthur (vortretend).

Doch was denkst Du nun zu thun,
Edler Meister, denn es drängen,
Schon die Stunden und zur That
Musst Du eilig Dich entschließen. —

Orselen (sich gewaltsam fassend).

Du hast Recht — es ruft die Pflicht!
Ruf' noch heute das Capitel
In den Ordenssaal zusammen,
Lass die Ritter all' sich rüsten
Und versammeln beim Capitel.
Alle! hörst Du's; Bredow auch! —

Comthur.

Werner, sprich was willst Du thun?
O! Vergiss nicht, dass kein Urtheil
Über ihn Du sprechen kannst,
Denn es fehlen die Beweise
Seiner Schuld, drum darf der Freiheit
Nimmermehr beraubt er werden.

Winrich.

Ja, so ist's; o edler Fürst,
Richtet vorschnell nicht und harret —

Ach, noch immer kann ich nicht
An das Grauenhafte glauben,
Thut nicht, was Euch später reu't!

Orselen.

Ihr habt Recht, um ihn zu richten
Fehlen die Beweise mir.
Und die größte Strafe bleibt
Stets ja doch die tiefe Schmach,
Denn zum Kampf darf er nicht mit,
Wie ich früher ihm versprochen;
Wollt ich selbst — ich dürft's nichts wagen!
Nicht kann ich Verräther brauchen
In dem heil'gen Ordensheer.
Wohl! er hat sich selbst gerichtet,
Und das liebende Gefühl,
Daß für ihn in meinem Herzen
Glühte, hat er selbst vernichtet,
Jede Milde ist mir fern,
Keinen Freund wollt er besitzen
Nun! so find' er einen Herrn! (Alle ab.)

Wanda (in Reisetracht von der anderen Seite).

Weh! zu Ende ist der Traum,
Der mein thöricht Herz befangen,
Der die unbezwung'ne freie
Stolze Seele mir besiegt!
O, belogen und betrogen
Von dem räthselhaften Weib, das
Mich verspottet, wohl verhöhnt!,
Werner von Orselen, stolzer
Ungerührter, marmorkalter
Und doch ach so heißgeliebter,
Dich verlassen, Höllenqual!
Er verachtet mich wohl gar!
Höhnet meine Leidenschaft,
Die ihm jeder Blick verrathen
Und verschmäht mich elend Weib.
Während dieser wilde Schwärmer
Hans von Bredow sich in heißer

Toller Eifersucht verzehrt!
Wüßte er! halt ein Gedanke
Züngelt wie des Blitzes Flamme
Rachcathmend durch mein Herz.
Schritte, Bredow naht! wohlan
Schmerzdurchwüthet Herz, o kühle
Deines Jammers sengend Feuer
In der Rache Sturmesflut.

(Wanda steht einen Augenblick bewegungslos. Von links tritt Johann ein. Seine Kleidung und sein Haar sind verwirrt, seine Augen leuchten fieberhaft aus dem bleichen Antlitz hervor, den linken Arm trägt er in einer Schlinge. Wanda fährt bei seinem Anblick zusammen.)

Wanda.

Gott, da ist er!
Nun, es sei.
(Sie nimmt mit Anstrengung wieder ihre gewöhnliche leichte Miene an.)

Johann (eilt auf sie zu, mit eigenthümlich gepreßter Stimme).

Wanda, lang schon sucht' ich Euch!

Wanda.

Mich? Wozu? Herr Ordensritter?
Ei, ich dächte wicht'ge Dinge
Gäb' es jetzt für Euch zu thun?
Hört' ich vorhin doch im Schloß:
Schöna sei besiegt, gefallen,
Und der Meister zöge selber
Fort mit Euch drum zum Entsatz.

Bredow.

Ja! und Ihr reist heute ab!

Wanda (gleichgiltig.)

Nun was weiter? —

Johann.

Fragt Ihr mich?
Wißt Ihr auch, was dieses Wort:
Scheiden von Euch, mir bedeutet?
Wanda! Elend, ew'ge Nacht! —
(Sich mühsam fassend.)
Doch ich weiß, dies Wort ist Wahnsinn,
Sünde ist mein Liebesschwur.

Ja! Wir müssen heut' uns trennen,
Und zum Abschied kam ich her!

(Ihre Hand fassend.)

Heißgeliebte! Leb' denn wohl, —
Ach, in dieser letzten Stunde
Schmerzlichen Beisamenseins,
Schenkt mir einen einz'gen Blick
Nur der Liebe, des Vertrauens,
Daß er leuchtend mich geleite
In Gefahr und Tod vielleicht!
Seh't, ich kann im Kampfe bleiben,
Drum laßt so zu Euch mich sprechen,
Daß Ihr meiner freundlich denket,
Wenn ich einstmals nicht mehr bin!
Wild war ich und unbesonnen,
Stürmisch oftmals gegen Euch —
O! Vergebt! An Fehlern reich
Ja, ich weiß es, ist mein Herz,
Doch mein sinnlos, wild' Gebaren
Es entsprang nur aus dem Schmerz,
Aus den heißen unbegrenzten,
Den um Euch ich einst gefühlt.
Als von Euch für immerdar
Mich das Schicksal grausam riß,
War das Glück in mir erstorben,
Das ich trunken mir geträumt.
Ach, es sollte denn nicht sein! —
So leb't wohl und denket mein,
Wie man eines Todten denkt.
Scheid' ich still ja doch beglückt,
Denn Ihr hättet mich vielleicht
Lieben können, lieben wollen,
Wär' ich nicht, was heut' ich bin.

(Forschend.)

Und Ihr liebt ja keinen andern?

Wanda (wendet sich lebhaft um).

Wirklich? Und wer sagt Euch dies?

Johann (zurückfahrend).

Wanda! — Nein; um mich zu quälen
Sprecht Ihr nur in dieser Art.

Wanda.

Euch zu quälen? Nein, Herr Ritter,
Denn ich muß es Euch gesteh'n,
Eurer Liebe Klagetöne
Hab' seit lang' ich herzlich satt!
Hört es denn, laßt mich in Frieden —
Ja, mich liebt ein and'rer noch!

Johann (dessen Augen wild zu funkeln beginnen).

Liebt Euch! — Und ihr liebt ihn wieder?
Und er liebt nicht unbeglückt? —

Wanda.

Unbeglückt? so wißt denn endlich,
Nein! Auch mein Herz ist ihm hold!

Johann.

Gott im Himmel, meine düst're
Ahnung, sie betrog mich nicht. —

Wanda.

Ahntet Ihr's? nun, um so besser,
Seit nun dessen ganz gewiß!
Ja, ich lieb' ihn, schöner Tage
Denk' ich fröhlich nun beim Scheiden,
Sel'ge Stunden blühten uns,
Während Ihr, der wie ein Schatten
Spähend überall Euch zeigtet,
Einem Boten gleich des Unheils
Und des Schreckens ferne war't.

Johann (mit zitternder Stimme).

Wanda! Wanda! Hütet Euch!
Treibt mich nicht zum Aeußersten!!

Wanda (ruhig, ohne auf ihn zu achten).

Warum seid Ihr so gereizt?
Freundlich, wahrlich dacht ich Euer,

Dankbar, während in der Ferne
Ihr gekämpft; ei, trachtet doch,
Daß Euch wieder solch ein Amt
Werde, daß auf weite Reisen
Wieder Euch der Orden schickt:
Euer Ziel ist ja der Ehrgeiz,
Mein's ist stilles sel'ges Glück,
An der Seite des Geliebten,
Dem mein Leben ganz gehört.

Johann (leidenschaftlich).

O! Ich kenn' ihn, diesen andern,
O! Ich kenn' ihn nur zu wohl!
In sein Herz, der Falschheit voll
Möcht' ich —

(Er hält erschreckt inne und preßt die Hand auf die Stirne.)

Ich bin rasend, rasend,
Meine Sinne sind verwirrt!

(Mit namenloser Wildheit.)

Ihr habt mich so weit gebracht,
Ihr, mit Euren Wonneblicken,
Drinn ich himmlisches Entzücken
Und erhörte Liebe las.
Ihr, die langsam mein Verderben
Ausgesonnen, angesponnen,
Die ich hasse, glühend hasse —
Die ich liebe, noch vielmehr!

Wanda (kalt).

Da Ihr alles frei nun wißt,
Hoff' ich, werdet Ihr verschonen
Ferner mich mit Euren Bitten,
Nutzlos wär's ja doch! Lebt wohl!

(Sie geht nach links ab. Johann steht einen Augenblick seiner Sinne kaum mächtig
da und stürzt dann mit einer drohenden Geberde ab.)

Verwandlung.

Fünfte Scene.

Der große Capitelsaal von Marienburg mit lichten Säulen und großen gemalten Bogenfenstern. Rechts im Vordergrund ein erhabener Thronsessel für den Hochmeister, umwallt vom Fürstenmantel. Der Baldachin trägt die Fürstenkrone; ringsum die Sitze der Comthuren und Ordensgebietiger. Beim Aufzuge des Vorhanges sitzt Orselen im Ornate, auf dem Fürstensitze, die Gebietiger um ihn als: der Großcomthur, der Land- und Deutschmeister von Livland, der Ordenstreßler, der Trapierer, der Spittler und die Comthure der verschiedenen Balleien. Der ganze Saal ist voll Ritter in Rüstung, darüber die Mäntel, am Kopfe die Helme mit schwarzweißer Feder. Unter den vordersten Rittern: Oldenburg, Oppen. Weizau, Meißen, Aremberg, Knipprode und Bredow. Letzterer verstört, den glühenden Blick haßerfüllt auf Orselen gerichtet. Orselen ernst und bleich aber vollkommen gefaßt, erhebt sich langsam.

Orselen (mit volltönender Stimme).

Eh' wir Rath und Wahl beginnen,
Zu der Ehre unsres Gottes
Und des Ordens, ihm geweiht,
Muß ich Euch, Marienbrüdern,
Mächtigen Gebietigern,
Erst den Grund zu wissen thun
Des Capitels, das ich heute
Einberufen, her zu mir. —
Höret denn, Ihr kühnen Ritter:
„Wappnet Euch mit heil'gem Schwert,
Finstre Tage sind gekommen,
Von den Polen eingenommen
Liegt das feste Bollwerk Schöna,
Ohne Hilfe, ohne Schutz. —
Steh' vereint, Du tapfre Schar!
Die schon ärgeren Feind bezwungen,
Deren Name, oft erklungen,
Leuchtet in Unsterblichkeit.
Schwere Stunden werden kommen,
Wüthen wird der wilde Streit. —
Bei der Weih', die Ihr empfangen,
Wanket nicht in dieser Zeit!
Ist in Euch ja doch vereinet,
Was die Erde schönstes kennt:
Milde! Sternengleich sie scheinet —
Muth! der hell wie Feuer brennt!
Zeigt Euch denn im Kampfestoben,
Herrlich, Eures Namens wert,
Denn Euch allen ward von oben:

Demuth — Stärke — Kreuz und Schwert!
Wenn Ihr in den Reihen stehet,
Denket, daß Ihr Ritter seid.
Wenn es Großmuth gilt zu üben,
Blickt auf Euer heilig Kleid!
Und wenn Sieg die Stirn' Euch krönet,
Senkt in Demuth Eure Wehr —
Denkt, daß sie das Herz verschönet,
Kämpfer für Mariens Ehr! —
(Er schweigt bewegt einen Augenblick — dann fortfahrend.)
Seid bereit, mit freud'gem Herzen
Ihr hinaus zur Schlacht zu ziehn,
In Bedrängnis und Gefahren,
Und auch — in den Tod vielleicht.
Viele ja, die heut' hier stehen,
Werden nicht mehr wiederkehren;
Doch ihr Angedenken wird die
Ruhmeskrone licht verklären!
Drum ich frag zum letztenmale:
Birgt in keiner Brust sich Trauer?
Seid Ihr alle froh bereit?"
(Die Ritter ziehen alle die Schwerter und rufen begeistert.)
Alle, Herr! Wir sind's! Wir sind's!

Der Großcomthur (erhebt sich).

Höret den Beschluß des Meisters:
Heute ziehet noch ein Ritter
Mit fünfhundert Mann Verstärkung,
Die bereit schon unten stehen,
Eil'gen Schritt's nach Schöna hin;
Morgen bricht er selber auf
Mit dem großen Ordensheere,
Fünfzig Mann nur und zehn Ritter
Bleiben unter meiner Leitung
In der Burg zum Schutz zurück.

Orselen (zum Drapierer).

Sorge Du für gute Waffen,
Rüste alle uns zum Kampfe,
Die ich jetzt erwählen werde!

Knipprode (kommt vorwärts und beugt das Knie).

So erfleh' ich, edler Meister,
Heut' für mich die hohe Gnade,
Daß ich jenes kleine Heer,
Dessen vorhin Ihr erwähnet,
Aus den Mauern leiten dürfe,
Führen gegen Schöna hin.

Orselen.

Ich gewähre diese Bitte;
Wollt ihm seinen Wunsch erfüllen,
Mächtige Gebietiger!

(Die Gebietiger neigen schweigend die Häupter, Knipprode zieht sich zurück.)

Oldenburg (gefolgt von seinen Gefährten, tritt stürmisch vor).

Und ich flehe, edler Meister,
Auch in meiner Brüder Namen,
Daß wir in die off'ne Feldschlacht
Streitgewappnet ziehen dürfen,
Kampfbegeistert sind wir all'!

Orselen (nach einer Pause).

Nun wohlan, es sei gewährt!

(Er erhebt sich und zieht sein Schwert; sehr feierlich.)

Schwört auf dieses heil'ge Schwert,
Kämpfer Ihr, des Sieges werth,
Treu und Milde, Muth und Eifer,
Gottvertrau'n in jedem Leid!
Schwört! zu denken, daß Ihr Ritter,
Allzeit, doch auch Mönche seid!
Schwört ein fleck'los Heldenthum,
Senkt die Waffen alle nieder,
Streitbegeistert sprecht es wieder,
Für der heil'gen Jungfrau Ruhm!

(Alle Ritter berühren mit ihren Schwertern die Waffe Orselens. Auch Bredow drängt vor und will sein Schwert auf das des Meisters legen. Orselen zieht das seine langsam zurück und heftet einen eisigen finsteren Blick auf ihn. Johann zuckt zusammen. Orselen mit eisiger Ruhe).

Hans von Bredow, tritt zurück. —
Nicht bestimmt ich Dich, in diesem
Heldenkampfe mitzuzieh'n —

Johann
(weicht zurück, ohne zuerst die Worte recht zu fassen. Dann mit bebender Stimme, mit starrem Schrecken).

Wie! zurücke sollt ich bleiben,
Edler Meister, und Ihr selbst
Habt mir doch den Kampf versprochen;
Denkt daran, vor kurzer Zeit! —

Großcomthur (sich rasch erhebend).

Der Gebiet'ger edler Rath
Schloß Dich von dem Kampfe aus!

Orselen (der mühsam seine Bewegung verbirgt).

Du bleibst hier! Zu jung, zu heftig
Und zu unerfahren bist Du,
Für die sorgenvolle Zeit!
Und kein Wort mehr. Großcomthur,
Nimm sein Schwert hinweg und wahr es,
Bis vom Streit ich wiederkehre.

Johann (fährt auf, rasend).

Tod und Hölle, solche Schmach!

(Er zieht sein Schwert aus der Scheide. Winrich hält ihn zurück. — Johann fortfahrend.)

Soll ich's über mich ergehen
Lassen und den Grund nicht wissen,
Dieser niedrigen Behandlung,
Die mir plötzlich wiederfährt?

(Er tritt vor Aufregung zitternd vor, an den Sitz des Meisters, indem er sich mit übermenschlicher Gewalt zu fassen sucht.)

Nun wohlan, ich will gehorchen! —
Aber sagt mir nur den Grund,
Ihr, der mir den Kampf versprochen, —
Sagt mir, was soll hier ich thun,
Einsam, in den langen Tagen?
Was soll mein Beginnen sein? — —

Orselen
(richtet sich hoch auf und betrachtet ihn scharf mit einem langen furchtbaren Blick, nachdrucksvoll und drohend).

Bete! Büße! Hans von Bredow!
Und wofür? Du weißt's am besten! —
Gib Dein Schwert nun, rasch und geh'! —

(Bredow wankt zurück, im Gesicht einen schrecklichen Ausdruck und läßt sein Schwert klirrend zu Boden fallen. Knipprode tritt rasch vor, mit einem mitleidigen Blick auf den Freund, hebt das Schwert auf und gibt es dem Großcomthur, dann zieht er Bredow, der betäubt dasteht, in die Reihen zurück.)

Orselen (feierlich und ernst, nach einer Pause).

Und nun eilt und rüstet Euch,
Gott geleit' Euch in die Ferne,
Und des Sieges Strahlensterne
Mögen leuchten Eurem Weg!

(Er steigt herab von seinem Sitz. Alle Ritter beugen das Knie, Johann ausgenommen, der todtenbleich und halb besinnungslos an einer Säule lehnt. Die Gebietiger erheben sich.)

Das Capitel ist zu Ende
Und schon naht die Vesperzeit;
Kommt, laßt uns zur Kirche eilen,
Unsre Seelen zu bereiten,
Für Gefahr und blut'gen Streit!

(Er geht ab, Knipprode ein Zeichen gebend ihm zu folgen. Hinter ihm der ganze Zug von Gebietigern und Rittern, alle Johann im Vorbeiziehen mit erstaunten höhnischen Mienen betrachtend. — Pause.)

Sechste Scene.

Johann bleibt allein im Saal zurück, an die Säule gelehnt, ohne Bewegung. Sobald der Zug verschwunden ist, öffnet sich eine andere Thüre. Uffo tritt herein, ein Paket in der Hand, leise und ängstlich. Er erblickt Johann und geht zögernd auf ihn zu.

Uffo.

Edler Ritter!

Johann (fährt wild empor).

Ha! Wer ruft?

Uffo.

O! Vergebt, wenn ich Euch störe,
Eure Mutter schickt Euch dies,
Das ein freundlich' Angedenken
Ihr, ihr stets bewahren mögt.

(Er gibt ihm das Paket und geht schnell ab. Dieser öffnet mechanisch die Sendung, sobald er allein ist. Ein kleiner juwelenbesetzter Dolch und ein Billet entfallen ihm daraus entgegen. Bei diesem Anblick zurücktaumelnd.)

Johann.

Gott! was ist das? Und ein Brief!
(Eröffnet zitternd den Brief und liest in Absätzen.)

„Mein geliebt', mein einzig' Kind!
Heute, an dem ernsten Tage,
Da Dein Vater starb vor Jahren,
Neigt mein Herz zu Dir verlangend;
Mehr denn jemals denk ich Dein. —
Du, der freudig einst ein großes,
Schweres Opfer mir gebracht,
Nimm ein kleines Angedenken,
Deines Vaters Lieblingswaffe,
Die bei sich er stets geführt.
Wahr' ihn heilig, diesen Dolch,
Nütz' ihn nicht in jedem Kampfe,
Nur um Frevelthat zu rächen,
Nur, wenn Schmach Dir widerfahren,
Nimm dies Kleinod in die Hand!
Seine Ehre zu vertheid'gen,
Führt' Dein heldenmüth'ger Vater
Einstmals ihn in fernen Tagen.
Und auch Du! — zu diesem Zwecke —
Führe einzig ihn im Gürtel!
Nun leb' wohl und denke mein!

(Er läßt den Brief fallen und starrt auf den Dolch hin, denn er in der Hand hält, mit fieberhaft zuckenden Lippen, schwer und langsam.)

Schmach zu rächen! War's nicht so?
Schmach und Schande und Entehrung
Wie mir heute widerfuhr! —
O, vom Himmel mir gesandt
Bist Du, mächtig fühlt's mein Herz;
Mutter, als in meine Hand
Diese Waffe mir gegeben,
Ahntest Du, daß nah' die Stunde,
Wo ich sie gebrauchen muß!? —
O, beschämt vor ihnen allen,
Diesen übermüth'gen Rittern,
Ausgestoßen und gebrochen,
O! verachtet und verhöhnt!

(Zwischen den Zähnen.)
Büßen, soll ich, büßen? Nein!!
(Wild ausbrechend.)
Aber rächen will ich! Rächen!
Hilfreich' Werkzeug, komm nur, komm!
(In fanatischer Wuth.)
Eine Scheide will ich Dir
Geben, wie im ganzen Lande
Keine kostbarer zu finden
Ist, ich schwör's beim ew'gen Gott!!
(Er stürzt ab.)

Der Vorhang fällt.

Fünfter Act.

Erste Scene.

Marienburg, die Hauskapelle des Hochmeisters, anstoßend an die große Hauptkirche Marienburgs, deren Hauptgebäude man durch ein großes Bogenfenster rechts im Hintergrunde sehen kann. Links auch ein Fenster, zwischen diesen beiden der Altar, zu welchem Stufen hinaufführen, rechts davon die Sacristeithüre, links ein kleiner Eingang, durch einen Vorhang maskirt, im Vordergrunde zwei große Säulenpfeiler rechts und links. Auf dem Altar eine riesige Statue der Muttergottes. Von der Kirche führt noch ein Haupteingang gegen die Kapelle des Hochmeisters,

Johann

(todtenbleich und verwirrt, stürzt herein, den Dolch in der Hand, durch die Sacristeithüre und eilt athemlos in den Vordergrund, dort bleibt er stehen und sieht sich
scheu um).

Hier, an dieser heil'gen Stelle
Soll er fallen, der Verruchte,
Der mein einzig' Gut, die Ehre,
Frevelnd mir zu rauben suchte!
Gott! Auf dieser weiten Erde
War kein Herz so arm wie meines,
Kein's so freudlos, kein's so mangelnd
Jeden Glück's und Sonnenscheines!
Ach! Den Pflichten hingeopfert,
Als ich kaum erwacht zum Leben,
Hab' ich schweigend hingegeben
Alles! Liebe, Hoffnung, Lust!
Aber ach, in dieser Brust,
Reich an Fehlern und an Sünden,
Hat seit meinen früh'sten Tagen
Fleckos, hell ein Stern geleuchtet:
Ehrgeiz, Pflichtgefühl und Muth!
Alles hätt' ich gern' ertragen,
Aber freulen Übermuthes
Eitler Spielball nur zu sein,
Das, bei Gott! will ich nicht dulden,
Das, Verhaßter, soll Dich reu'n!

(Er lauscht in die Kirche.)

Nichts! — Die Vesper sie begann,
Nicht noch in dem Gotteshause,

Und ich muß mich noch gedulden,
Muß noch warten, muß noch harren,
Wenn das Blut in meinen Adern
Wild auch rast wie Wettersturm!

(Er preßt die Hand auf die Brust und fühlt den Brief seiner Mutter, den er dort trägt, er reißt ihn heraus und starrt auf ihn hin.)

Mutter! Mutter! Heißgeliebte,
Heil'ge, Du, in deren Herzen
Nie der Schatten, der Gedanke
Einer Sünde noch gewohnt —
Guter Gott! was wirst Du sagen,
Wenn sie Dir die Kunde bringen,
Daß Dein Sohn! — Dein Sohn ein Mörder! —
Nein, kein Mörder! Nur ein Rächer
Seiner Ritterehre ist! —
Wirst auch Du mich dann verfluchen,
Wie mir alle fluchen werden?
Nein! Wenn nicht mehr ich auf Erden,
Wirst Du mein gemieden Grab,
O! ich weiß es, stille suchen
Und vielleicht mir eine Thräne
Frommen Angedenkens weih'n.

(Die Kirche erleuchtet sich, Orgelklang und die ersten Accorde des Chorgesanges ertönen. Durch die Fenster fluten die Strahlen des Abendrothes und später bleiches bläuliches Mondenlicht. Johann zuckt beim Klange zusammen.)

Johann.

Schritte, Stimmen! Horch! — Sie kommen
Näher, näher, immer näher —
Wohl, die Stunde ist verronnen
Und besiegelt mein Geschick!

(Er tritt in die Sacristei und horcht unbemerkt der folgenden Scene. Während dem Abgehen.)

Rasch nun in die Sacristei,
Bis er sein Gebet beendet,,
Daß mich meines Herzenspochen
Nicht, das rasende, verräth!

Zweite Scene.

Der Hochmeister in einfacher schwarzsammtener Hauskleidung, den weißen Mantel umgeschlagen, erscheint in der Hauptthüre mit dem Großcomthur und dem Ordens=tressler.

Orsesen (beim Eintreten).

Laß die Vesper nur beginnen,
Comthur, bleibt hier in der Nähe,
Bis von der gewohnten, kurzen
Andacht, die ich täglich halte,
Ich zu Euch zurückgekehrt.
Mehr denn je drängt's heut' mein Herz,
Seine Leiden auszuschütten
Vor dem Schöpfer, sich zu stärken
Für der künft'gen Zeiten Sturm.

(Comthur und Tressler ziehen sich mit Verbeugungen zurück. Die Thüre schließt sich. Der Hochmeister kommt langsam vorwärts und kniet rechts auf den Stufen des Altars nieder, sein Antlitz dem Zuschauerraum halb zugewendet. Nach einer Pause.)

Mächt'ger Gott, für lange Tage
Ist's vielleicht zum letztenmale,
Daß mein Herz in stiller Klage
Aufwärts zieht zu Deinem Thron! —
O! wie oft in Deinem Wort
Hab' ich Trost und Kraft gefunden
Für die tiefen Herzenswunden,
Die des Schicksals Hand mir schlug.
Viel, Du weißt's, hab' ich gefehlt,
Doch, ich hab' auch viel gelitten
Höre meine heißen Bitten:
O! vergib, was einstmals war,
Seit in diese heil'ge Schar
Ich getreten, weißt Du's wohl,
War mein Sinn der Reue voll,
Und im herbsten aller Schmerzen
Büßt' ich mit gebrochnem Herzen
Heute erst die einst'ge Schuld.
Unglückselig war mein Leben,
War mein Lieben und Vertrauen;
Ach! auf niemand kann ich bauen,
Als auf Dich, der mir gegeben,
Was ich fühle, was ich bin.

Hohe Himmelskönigin,
Höre Du mein glühend' Fleh'n —
Muß ich von der Erde geh'n,
Gib dem gottgeweihten Orden
Sieg und Ehre! Nicht für mich,
Nur für ihn, der groß geworden
In den Zeiten, bitt' ich Dich!
Laß die Söhne dieses Bundes
Wahre Ritter immer sein,
Daß sie nimmermehr entweihen
Ihren Namen! Stärke! Stärke
Sie zu ihrem großen Werke!

(Johann tritt aus der Sacristei und nähert sich unbemerkt Orselen, der fortfährt.)

Gib, o Himmel, mir den Frieden,
Dem mein Herz entgegenbrennt,
Den mein Mund verlangend nennt;
Höre, was er flehend spricht:
Ruhmvoll laß mein Dasein enden
Und das heil'ge Schwert in Händen
Falle ich für meine Pflicht!

(Er erhebt sich und will auf den Ausgang zugehen; wie er von den Stufen heruntersteigt stürzt Bredow mit gezücktem Dolch auf ihn los und stößt ihm denselben in die Brust.)

Johann (hiebei ausrufend).

Frieden! Heuchler! Nimm ihn hin!

Orselen wankt und stürzt mit dem Rufe:

Mord! O! Himmel, steh' mir bei!

auf die Stufen des Altars nieder).

Dritte Scene.

Die Hauptthüre wird aufgerissen. Der Comthur, Treßler und mehrere andere Gebietiger stürzen herein.

Comthur (noch beim Eingange).

Welch ein Schrei, was ist Dir, Werner?

(Er erblickt Orselen auf den Stufen liegend und Johann, der, den Dolch in der Hand, regungslos dasteht, neben ihm.

Ha, was seh' ich!

(Er stürzt auf den Meister zu.)

Tressler (mit gerungenen Händen).

Das ist Mord! —

Ordensspittler (während alle anderen im stummen Entsetzen dastehen).

Weh' uns, an geweihter Stelle
Ward im eig'nen Gotteshause
Unser Fürst und Herr ermordet.

(Sie drängen sich um Orselen, der sich, die Hand auf die Brust gepreßt, mühsam aufrichtet und um sich blickt.)

Orselen (wie er den Großcomthur erblickt).

Ludger, ja, der Dolch traf gut
Und es geht mit mir zu Ende,
Sprich, wer hat mir das gethan?

Comthur
(in dumpfer Verzweiflung auf Johann weisend, der noch immer starr dasteht.)

Er, den Du so sehr geliebt!

Orselen im furchtbaren Schmerz).

Er! O Gott! — Wofür?

(Der Vorhang der kleinen Thür wird zurückgeschlagen, Jadwiga in Trauer-kleidung, einen langen schwarzen Schleier zurückgeschlagen [auf dem Haupte befestigt], tritt herein, todtenblaß mit funkelnden Augen.)

Jadwiga (dumpf und langsam).

Für mich! — —

(Alle fahren bei ihrem Erscheinen zurück.)

Johann (zuckt empor).

Mutter! — —

Orselen
(fährt beim Tone ihrer Stimme wie wahnsinnig auf, starrt sie fassungslos in tödtlichem Schrecken an mit einem Schrei des Entsetzens).

Phantasiegebild der Hölle! —
O! Jadwiga! —

(Alle Gebietiger stehen vor Schrecken starr.)

Johann (läßt den Dolch fallen und stürzt auf sie zu).

Mutter! Mutter!

Orselen (fährt auf wie rasend und wendet sich gegen Johann).

Mutter?
Diese nennst Du Mutter?! —

Jadwiga (vortretend).

Ja! Und er, er ist — Dein Sohn!
(Der Hochmeister sinkt wortlos zurück. Johann steht bewegungslos ohne diese Worte zu fassen. Große Pause.)

Jadwiga
(hart an den Hochmeister herantretend, mit tiefer unheimlicher Leidenschaft, die sich später zur Raserei steigert).

Macht's Dich zittern? Daß Du mich
Anstarrst mit den hohlen Blicken,
Drum der Tod schon seine dunklen,
Ew'gen Nebelschleier zieht? —
Nimm es mit denn in Dein Grab!
Die Vergeltung ist gekommen,
Was Du einst an mir verschuldet,
Sieh! Ich hab' es nun gerächt!
Hör's! Zerstört hast Du mein Leben,
Meine Jugend und mein Glück!
In mein friedlich' Paradies
Schlichst Du Dich und hast vernichtet,
Was so herrlich drin geblüht! —
Schmählich hast Du mich verlassen,
Preisgegeben rauh dem Hassen
Meines Gatten, denkst Du dran? —
O, die Zeit mit scharfem Zahn
Konnte manches wohl vernichten,
Konnte Dich vergessen lehren,
Aber mich! Mich lehrt' sie's nicht!
Was am theuersten mir war
Hast Du einstmals mir geraubt —
Was am theuersten Dir ist,
Deine Ehre konnt' ich Dir
Nehmen nicht! So nahm ich diesen —
Blick' auf ihn! — Er — ist Dein Sohn! —

Orselen
(sich in wahnsinniger Verzweiflung zu ihren Füßen schleppend).

Bist Du's wirklich? Ist's kein Wahn?
O, dann sage, sage nein!!
Sieh' mich auf den Knien vor Dir
Sterbend. Glühend hör' mich flehen
Um dies eine kleine Wort,

Das mir Frieden gibt im Tode!
O bei allem, was Dir heilig,
Sage Du: Er ist es nicht! —

Jadwiga.

Heilig? — wie Dir einstmals nicht
Meine Ruhe heilig war,
Ist auch mir nun nichts mehr heilig.
Ja! Er ist's und hör' noch mehr:
Dieser Stunde der Vergeltung,
Die mir heute endlich ward,
Hab' ich mir ihn auferzogen
In der Wildnis, einzig ihr! —
Und ich zwang ihn, Dich zu hassen,
Zwang ihn, dieses Kleid zu nehmen,
Ich verrieth dem Feind den Orden
Und vertauschte Deinen Brief.
In des Polenkönigs Hände
Gab ich ihn, um mich zu rächen,
Denn verderben wollt' ich Dich.

Orselen (fährt empor).

Wie? So war nicht er der Schuld'ge —
Guter Gott, und kein Verräther?

Johann (vorstürzend).

Gott im Himmel! Hör' ich recht?
Ein Verräther, glaubtest Du,
Sei ich, ein Verräther, ich?

Orselen.

Armer Knabe, tritt heran —
Sieh' mich an mit milden Blicken,
Schweres Unrecht that ich Dir!

Jadwiga (sich zwischen sie werfend).

Halt, sag' ich! Zurück von ihm!
Wage nicht, ihn zu betrachten
Jetzt mit eines Vaters Blick!
Er ist mein! Mein eigen nur!
Mit dem Blute meines Herzens,

Mit den unversiegbar heißen
Reuethränen meiner Nächte
Ward getauft er und geweiht.
Eine finst're, unheilsvolle
Blume sproßt er aus dem Grabe
Auf in meiner wunden Brust;
Zu mir, bei mir soll er steh'n!
Deines Auges Heuchelblick,
Deines Wortes Schmeichellaut
Soll mir nicht mein zweites höchstes,
Bestes Gut auf Erden rauben,
Wie's das erste, meine Ehre,
Einstmals schon mir keck entriß.

Orselen
(sich aufrichtend mit alter Kraft, während Johann mit furchtbar wechselndem Gesichtsausdruck starr zuhört).

Weib, halt' ein! O ew'ger Gott!
Bis zu dieser Schreckensstunde
Hab' ich segnend Dein gedacht,
War Dein Name meinem Munde
Süßer Trost in Leidensnacht.
Schwer hab' einstmals ich gefehlt —
Du auch fehltest, drum zu büßen,
Zu verzeihen und zu dulden
Wär' gewesen Deine Pflicht.
Blick' auf ihn, der wie im Irrsinn
Bleich Dich anstarrt, grau'nerfüllt —

(Mit furchtbarer Leidenschaft.)

Hast Du es denn n i e gefühlt,
N i e geahnt und n i e begriffen,
Wenn er gläubig vor Dir kniete,
Wenn Dein Herz an seinem schlug,
Wenn vertrauend er Dich frug:
Rathe mir! Sei Du mein Leitstern,
Daß Du nicht nur W e i b, Jadwiga,
Nein, daß Du auch M u t t e r warst!
Ja, erbleiche nur und zitt're!
Weißt Du jetzt, w a s Du gethan?
Fängt in Dir zu tagen an,
Was Du thatest i h m, nicht mir?

6*

Wenn sie ihn zur Richtstatt schleifen
Wird Dein Blick den seinen streifen,
Wird Dein Aug' das seine suchen
Flehend, glühend in Verzweiflung,
Aber dann umsonst, umsonst!
Das wird Deine Strafe sein,
Furchtbarer als alle Qualen,
Die die Erde und die Hölle
Häufen je auf unser Haupt,
Wird's in Deinem Ohre schallen,
Auf Dein Herz zerschmetternd fallen,
Mörderin des eig'nen Kind's!

(Jadwiga wankt todtenbleich zurück und bleibt gebrochen an der Säule lehnen.)

Orselen (zurücksinkend, mit schwacher Stimme).

Weh' mir, meine Augen brechen —
Knabe, tritt heran zu mir. —

(Da Johann sich vor ihm niederwirft.)

Wiss' es, ich vergebe Dir,
O, aus tiefstem, vollstem Herzen
Grüß' ich Dich als meinen Sohn!
Oben, an des Schöpfers Thron
Fleh' um Gnade ich für Dich, —
Lass die Hand mich einmal legen
Dir aufs Haupt — nimm meinen Segen —
Du, Jadwiga, meinen Fluch! —

(Er stirbt.)

Johann (mit brechender Stimme, an der Leiche niedersinkend).

Vater, Vater, lass mich sterben
Mit Dir! Weh, sein Auge bricht!
O, ich kann, ich kann nicht mehr,
Schauder fasst mich und Entsetzen,
Meine Sinne schwinden mir.

(Alle Comthure drängen sich um die Leiche des Hochmeisters; währenddem gibt der Tressler einem der jüngeren Comthure einen leisen Befehl, worauf dieser sogleich abgeht.)

Tressler.

Ew'ger Gott, der Meister scheidet —

(Ab.)

Großcomthur.

Betet, denn ein großer Geist
Kehrt zurück zum Land der Freiheit,
Zu den Sphären ew'gen Licht's —
(Der Großcomthur verhüllt sein Haupt, in namenlosem Schmerz
Senkt zum Staube Euer Haupt!
Ewig soll die Klage tönen,
Ewig fließen unsre Thränen
Um den Feldherr, Freund und Bruder,
Den uns Mörderhand entriß.
Mörderhand! O Qual, o Fluch!
Ew'ger Schandfleck für den Orden,
Grenzenlose, tiefe Schmach! —
(In den Kreis der Gebietiger tretend.)
Hört mich, Brüder! Diese finst're
Grauenvolle, schwere That
Muß der Schar verborgen bleiben,
Und der Mörder muß verschwinden
Still und spurlos aus der Welt;
Nicht nach offenem Gericht,
Das enthüllen würde alles,
Nein, nach altem Recht und alter
Sitte sei er rasch gerichtet
In Marienburgs verborg'nem
Hof. Den Rittern aber sagt,
Daß ihr Meister plötzlich sank
Nieder an des Herrn Altare
Und erblich in jähem Tod.
(Jadwiga fährt auf wie rasend.)

Tressler (erscheint).

Still! Die Schergen nahen schon,
Ich berief sie her zur Stelle.
(Großcomthur an Bredow herantretend, während ein junger Comthur eintritt und leise mit dem Tressler spricht.)

Großcomthur.

Hans von Bredow, auf, wach' auf!
Und entweihe nicht des Todten
Heil'ge Ruh' durch Deine Nähe!

Johann (auffahrend).
Weh! Wer ruft mich!

Tressler (zu dem jungen Comthur).
Lass sie ein.
(Zwei maskirte Männer treten ein.)

Grosscomthur (zu ihnen, auf Johann weisend).
Thut an ihm, was Eures Amtes.

Erster Scherge.
Folgt mir, Ritter, rasch!
(Sie wollen ihn ergreifen.)

Jadwiga (sich wie wahnsinnig zwischen sie stürzend).
Zurück!

Grosscomthur (mit lauter Stimme).
Thut an ihm, was Eures Amtes!

Jadwiga.
Nein! sag' ich und aber nein!
Wagt es! Tretet nur heran,
Reisst ihn fort von meiner Seite;
Eh mein Blut nicht diesen Boden
Tränkt, eh meine Leiche nicht
Ruht zertreten unter Euren
Füssen, lass ich nicht von ihm!
(Johann umfassend.)
Fürchte nichts und bleibe fest,
Zittre nicht! Mit meinen Armen
Halt' ich Dich, mit meinem Blute,
Meinem Leben schütz' ich Dich!

Johann (sie zurückschleudernd).
Du mich schützen? Fort! Hinweg!
Deine Nähe athmet Grauen,
Deine Liebesworte klingen
Wie der Teufel Hohngelächter,
Heuchle nicht mehr! Lass die holde
Maske, die mich einst bestrickte,
Die mich ins Verderben lockte,
Fallen nur — Du hast gesiegt

Triumphiere und frohlocke,
Herrlich ist Dein Plan gelungen,
Deines Hasses gift'ge Früchte
Ernte ein mit kaltem Blut.
(Eisern ihre Hand fassend.)
Weib, ich hab' an Dich geglaubt,
Wie an Gottes reinsten Engel,
Und was thatest D u mit mir?!
Meine Ehre, meine Zukunft,
Meiner Seele Heil und Frieden,
Meine Liebe nahmst Du mir.
D u bist meine Mutter nicht,
Von Dir sage ich mich los
Auf der Erde und im Himmel!
Dort, am Throne des Allmächt'gen
Werd' ich einstmals Dich verleugnen,
Dort wird schaudernd von Dir wenden
Auch sich meines Vaters Blick.
(Zu den Henkern.)
Bindet mich! Ich bin bereit.
(Ab mit den Henkern.)
(Die Comthure stehen im Hintergrunde um den Altar in leisem Gespräche.)

Jadwiga (wie wahnsinnig nach vorwärts stürzend).
Bleibe, bleibe!! Weh', er geht!
Flieht zum Elend, flieht zum Tode
Lieber, lieber als zu mir!
Mörderin des eig'nen Sohn's,
Des Geliebten Mörderin!
Ringsum tönt's: Du bist am Ziel!
Was, was hab' ich denn errungen?
Rache endlich mir erzwungen?
Wo, wo ist die wilde Lust,
Die sie rasend in der Brust
Wecken sollt'? Da pochen, toben
And're Geister. Weh' mir, weh',
Hab' ich denn umsonst gelebt?
Ein verflucht', zerschmettert Leben
Und mein Kleinod hingegeben
Dem Verderben und dem Tod!
(Sie stößt mit dem Fuße auf den am Boden liegenden Dolch.)

Ha, was glänzt wie eine Thräne
Auf dem Boden? Ja, er ist's,
Sein unsel'ger Dolch, vom Blute
Des Ermordeten befleckt!
Sühnen mag er meine Schuld!
Blutbefleckter Todesstahl
Ende mein verruchtes Leben,
Bringe meiner Seele Ruh'!
(Sie durchstößt sich, niedersinkend.)
Gott im Himmel, sei barmherzig
Und vergib mir alle Schuld!
(Sie stirbt.)

Großcomthur.

Seht, sie übte Selbstgericht! —
Folgt mir nun! — O, laßt uns beten
Für den Meister, der uns starb,
Opfer einer finstern Schuld!
Flehet um des Himmels Huld!
Und Vergebung mag auch werden
Jenem unglücksel'gen Jüngling,
Der der Väter Sündenmaß
Schwer und bitter heut' gebüßt! —
Gott im Himmel walte milde!

Alle (rings im Kreise die Hände faltend).
Amen!

Der Vorhang fällt langsam.

Ende.